有光

—— 要有光！ ——

主　　编｜安　琪

策划编辑｜李　晴

文字编辑｜钟　迪

营销总监｜张　延

营销编辑｜张　璐

版权联络｜rights@chihpub.com.cn

品牌合作｜zaq@chihpub.com.cn

至元

CHIH YUAN CULTURE

出品方　至元文化（北京）

CHIH YUAN CULTURE

Room 216, 2nd Floor, Building 1, Yard 31,
Guangqu Road, Chaoyang, Beijing, China

SPRING

野

更具体地生长

All This Wild Hope

没有经受过堕落的诱惑，
就不会感受到真正的幸福。

爱获胜了，
可人们都不知道它的真实面目。

François Mauriac
1885—1970

François Mauriac

弗朗索瓦·莫里亚克精选集 4

Les Anges noirs
黑天使

广西师范大学出版社
GUANGXI NORMAL UNIVERSITY PRESS
·桂林·

[法国] 弗朗索瓦·莫里亚克　著

陈科宇　杨雅雪　译

图书在版编目（CIP）数据

黑天使 / （法）弗朗索瓦·莫里亚克著；陈科宇，
杨雅雪译. -- 桂林：广西师范大学出版社，2025.1
（2025.2重印）. -- （弗朗索瓦·莫里亚克精选集）.
ISBN 978-7-5598-7451-1

I. I565.45

中国国家版本馆CIP数据核字第2024ES0284号

HEI TIANSHI
黑天使

作　　者：（法）弗朗索瓦·莫里亚克
责任编辑：彭　琳
特约编辑：苏　骏　夏明浩
书籍设计：汐　和　at compus studio
内文制作：陆　靓

广西师范大学出版社出版发行

　广西桂林市五里店路 9 号　邮政编码：541004
　网址：www.bbtpress.com
出版人：黄轩庄
全国新华书店经销
发行热线：010-64284815
北京启航东方印刷有限公司印刷
开本：889mm×1260mm　1/64
印张：5.375　　　　　字数：135千
2025年1月第1版　　2025年2月第2次印刷
定价：46.00元

目录

序章 -1

一 -57

二 -67

三 -74

四 -94

五 -105

六 -122

七 -133

八 -143

九 -154

十 -167

十一 -188

十二 -199

十三 -206

十四 -214

十五 -233

十六 -245

十七 -254

十八 -284

十九 -289

尾声 -311

序章

我毫不怀疑，神父先生，您对我的厌恶之情。尽管我们从来没有聊过，可您认得我，更确切地说，您觉得您认得我，因为您曾指引过玛蒂尔德·德巴，我的表妹……您千万别以为我会因您的厌恶而痛苦。如果说，我还愿意对这世上的某个人敞开心扉，那么这个人一定是您。我还记得您的眼神——我上一次回利奥雅特[1]，在前厅里遇见您时的那个眼神。您的双眼如孩子一般（您多大了？二十六岁？），很单纯的孩子，然而上帝会让您明白：人可以堕落到何种地步。请理解我：

---

[1] 在手稿中，莫里亚克写的是"莱奥雅特"（Léogats），是圣桑福里安（Saint-Symphorien）附近一座村庄的名字。他后来改为利奥雅特（Liogeats），可能是为了避免直接的指涉。——若非特殊说明，本书注释均为译者注

我想在您面前替自己辩解，绝不是因为您的教袍，或者说它所代表的东西。对于您神父的身份，我并没有兴趣。我只是确信：只有您可以理解我。我说过，您是个孩子，甚至是个小孩，可您深谙世事。但我能感觉到，您身上保有的那份纯真也已经受到了威胁。

您看：在告诉您我的事情之前，我要先告诉您我对您的看法，这些看法来自我在利奥雅特那段短暂的时间里对您的观察。在您那破陋的教区中，一个小神职人员被绑在了柱子上，周围是那些残暴的农民……不过，您不用担心我就这样相信了他们的恶语中伤。我很清醒，神父先生，即使不了解您，我也会怀着一颗敞开的心去了解您。一得知您妹妹在利奥雅特安了家，我就明白您要受苦了，可怜的人哪！这个托塔·勒沃，我一眼就认出了她：我过去常常在蒙帕纳斯和蒙马特遇到她和她的丈夫……有一回，我甚至跟她跳过舞，那时我还不知道她的名字。

　　他们分手之后，您把她——这个染过头发、拔过眉毛的人——接到您那里。如果说一开始我还十分惊讶，那么我很快就明白了，您仍在用哥哥看待妹妹的方式看待她，带着一种温柔的盲目。然而那些愚蠢的教民觉得您是想欺骗他们，还说她不是您的妹妹。在我们家，我的表妹玛蒂尔德和她女儿卡特琳——她们都对您忏悔过——甚至已经把您列入黑名单，转而去吕格迪诺斯[1]做告解。这些纯良的魂灵，即便不相信您的秽闻，也仍在散布着这些言论。试着想象一下，当他们为之叹息时，脸上那副悲痛的神情："当然了，他俩不会做坏事……"

　　或许，他们已经感觉到您——我该怎么说好呢——能理解某些人心中那永无止境的堕落的力量……您不要生气：尽管我已陷入泥潭、成为一具尸体，您却被海浪托住，脚刚刚踏上海浪的泡沫——是的，可我发誓，您不会对我的生命历程

1　吕格迪诺斯（Lugdunos）指涉的是现实中的朗贡（Langon）。——原注

感到惊奇。

很久以来，我都在找寻一位天使般的、情同手足的知心人……没有什么会让我们疏远：无论是您的美德，还是我的罪过！甚至您的长袍（我也曾差点要穿上它）、您的信仰也做不到。

我力求极致的真诚，不会给您——您这位天使——任何撕毁这本小册子的机会：我肯定不会讨好您，也不会言过其实，我会让您知晓那些难以言说的事。

若您接受过一个人对他整个人生做出的忏悔，生硬地列出罪行清单便不会让您满意。您要求的是对于命运遭际的整体描绘，您注视着这命运的山脊，您将光芒照进最幽暗的山谷里。好吧！我，我不求您宽恕，也不信您可以赦罪。不带丝毫的希冀，我愿向您敞开，直至心灵深渊。一定不要担心它会引起您的反感：这个故事足以坚定您对您所服侍的无形世界的信念——人可以自深渊而上，进入一个超然的世界。

我并非资产阶级出身，是婚姻为我打开了利

奥雅特城堡的大门。我父亲为佩卢埃尔家族[1]打理商业事务，他曾经是个佃农，十分聪明，但从未受过教育。我十八个月大的时候，我母亲就去世了。我和她长得非常像。她皮肤白净，身材瘦削，与她的丈夫截然不同……我想我知道，关于她的事，家里人向我隐瞒了很久：我是一个身陷深渊的人，渴求在自己的先辈之中寻找源头。我们能深切体会到：那种将我们推向堕落的力量，是渺小的个人力量无法比拟的。一代又一代人堕落得愈来愈快，如今已经到了这般境地。多少亡灵的愿望在我们身上得到了满足，被我们满足！多少祖先的激情得到了宣泄！当我们徘徊在堕落的边缘，有多少人推了我们那一把？（然而您会回应说：又有多少人在将我们往回拉，帮助我们与黑暗斗争？在这个问题上，我们的经验并不一致，千真万确！）

那些决定我一生的东西，从我的幼年时代起

1　莫里亚克意在建立一个统一的小说宇宙，佩卢埃尔家族同样出现在《给麻风病人的吻》中。——编者注

便开始影响着我。没错，打记事以来，人们就很喜欢我；更准确地说，我会利用我的脸蛋来讨人欢心。您不会就此怀疑，这是我愚蠢的虚荣心的体现吧？应当向您强调，是什么造就了我表面上的成功，又是什么让我迷失。另外，您大可自己判断：如今我年近五十，却几乎仍保有我学生时代的容貌。那时，女人们在路上拦住我便要拥抱。现在我已满头白发，但这银丝更显得我皮肤黝黑；这二十年里，我一公斤也没长过。我仍在穿我年轻时在伦敦买的那些西服、那些旅行外套。

从小时候起，我就有一种隐隐的好奇心，我注意到自己的魅力所具有的威力；最开始只是出于本能，后来，我越来越有意识地想要利用这种魅力。没错，从小时候起就这样。在那间充满消毒水味的托儿所里，绍拉斯蒂克修女厉声呵斥着，用戒尺敲打书桌。我至今还记得那个夏天里的一天，教室门开了。"起立，孩子们，欢迎你们的资助人。"板凳被推得咯吱作响，一位胖老太太走了进来，她戴着维多利亚女王肖像上的那种花边帽。院长和另一个修女也跟着走进来，她们围在老太太身边窃窃私语，她的话让她们陶醉——但我们并不明白她在说些什么。

"把你们的手伸出来！"绍拉斯蒂克修女命令道。

然后，老太太往每只脏兮兮的小手里放了三颗糖：一颗白的、一颗粉的和一颗蓝的。

"啊！"佩卢埃尔老夫人高声叫道，一面把她已经变形的手放在我头发上（一年前您主持过热罗姆·佩卢埃尔的葬礼，老夫人是他的母亲），"啊！这就是我们的小格拉戴尔！"

"他不仅聪明，还很可爱，"修女说道，"加布里埃尔，快给资助人背一首《使徒信经》吧。"

我字正腔圆地背诵了祷文，眼睛直勾勾地盯着那位夫人。我想，正是在那一天，我意识到我的眼睛有怎样的本领。她给了我第四颗糖。

"这个小家伙，他的眼睛里有圣光。"

她和修女们低语了几句。我听见院长说：

"是呀，小神学院……神父先生正在考虑呢。

他乖巧又温顺，不过年纪还是太小了……而且，那得花上一大笔钱……"

"我来出这笔费用……但我们得等到他初领圣体，看看他是不是被上帝选中的人……我不希望最后选了错误的人……"

自那天起，我便十分虔诚，每天早晨都去帮忙安排弥撒。教义问答课上，我成了大家的榜样。我并没有装腔作势——我很容易被礼拜仪式触动。那些灯光、圣歌、香气，都给了我奢侈的享受。我从未嗅到过那样的香味，这正是我在不知不觉中渴望的东西。啊，神父先生，当我将如今的我与曾经那个表面虔诚的男孩相比，我觉得，你们对肤浅的虔敬真的太过宽容了。只是那样还远远不够：对某些人来说，在某些情形之下，那样的虔敬便是最坏的预兆。

当时，虽然法国天主教会和政府的关系已颇为紧张，我父亲最终还是同意了我进小神学院。这费了不少功夫。父母基本上都希望儿子比他们更优秀……但我很难说清楚父亲那种奇怪的态度，那种提防性的嫉妒心理。他受不了我以后会超越他。十三岁那年，我被送到一个铁匠铺干活。我的身板还太小，举不起"大榔头"，只能借我的肚子发力，可那样我就会挨一顿打。

在那之前几年，我的姐姐去世了，死于肺结核，她是被工作和虐待害死的：她那么小，就被父亲送去佃农那里当*帮佣*[1]，她照顾牲畜，还任人摆布。

经神父和迪比什家的夫人们劝说，父亲终于让步了。神父一走，父亲便跟我说："你去学习吧，其余的事情以后再说……"打一开始，我就是最出色的学生之一，并且，也绝对是老师最喜爱的学生。可是为什么，我这个小乡巴佬、这个曾经总是挨打的学徒，会对那些油腻的臭气如此敏感？您知道佩卢埃尔家的现任管家住的那栋房子吗？五十年过去，那栋房子依然矗立在那里。被送去铁匠铺之前，我曾在那里生活。头几年，我的身体很差，我没有母亲；我本应该很喜欢小神学院

1　本书中的法国南部方言均以仿宋字体标出。——编者注

的饭菜……可我为什么会像个中产家庭的孩子一样挑食呢？

我以前常常像只小宠物猫一样钻进佩卢埃尔家；但我很少去厨房之外的地方。反倒是在迪比什家，我会溜进客厅里，几位女主人会让我坐在她们的腿上。利奥雅特的居民把迪比什家的房子叫作城堡，它在上个世纪末的模样与您现在见到的并无二致 —— 房子矗立在村庄的入口处，离公路有一百来米，松林环绕，门廊前是一块湿漉漉的草地，背靠弗龙特纳克家的那棵大树。当时，这里住的还是迪比什家的两位老夫人。您并不认识她们，她俩一个是寡妇，另一个和丈夫分开了。姐姐有一个叫阿迪拉的女儿，那时我十二岁，而她即将满十八岁。妹妹也有一个女儿，叫玛蒂尔德，比我小一些。她后来跟桑福里安·德巴结婚了。每到假期，我的这两个表姐妹，阿迪拉和玛蒂尔德，便会为了我吵起来：姐姐想为我读书、改作业；小玛蒂尔德却要我和她一起玩游戏。神父先生，我当时的确是个奇怪的孩子！我最开始喜欢上的是小学的女老师，一位志愿老师，尽管她在学业上把我逼得很紧。也许我是有一颗活泼好奇、求知若渴的心，无论是怎样的脑力活动我都不会厌倦。但从十五岁开始，我便逐渐被阿迪拉吸引了——她身上有另一种特质。如果她没有癞蛤蟆一样浮肿的眼睛、两片合不拢的厚嘴唇里参差不齐的牙齿，以及总被她编成团团辫子的头发，这张脸也许还算过得去；可她的脑袋连着肩膀，完全看不到脖颈。紧身胸衣也难以裹住她的胸脯。她的胳膊、双腿、腰身，全都臃肿肥硕、毫不匀称。不过，起初我并没有讨厌她。您一定注意到了，那些健壮、年轻的农民常常娶丑姑娘回家。他们只听任自己原始的兽性，那种兽性，我年轻的时候身上也有。后来，阿迪拉·迪比什和我结了婚。要是我说自己在生命中的一个特定时段爱过她，是会受人嘲笑的。可是，对我来说她的确很有魅力……但要让我留在她身边，这还不够。

请原谅我如此拐弯抹角，带您追溯我遭际的

源头，更确切地说（必须回溯到更远的地方）是回到我人生中那个开始毫不避讳、一门心思作恶的时期。阿迪拉·迪比什是个信仰坚定的女孩，善良仁慈，是厄热妮·德盖兰[1]那样的人。她送衣服给穷人、照料病患、给死者裹尸。她尤其怜惜老人——那时，我们那儿的老人常被遗弃，有时还会受到严重的虐待……她开着她的小篷车，裹着连帽的红色法兰绒披肩，在小镇上四处奔走。

她非常喜欢我，对我言听计从。在很长一段时间里，她都扮演着我母亲的角色。上学期间，她会特地来波尔多看我。我会收到从利奥雅特寄来的熟肉和点心。神父先生，那些年里，我用来对付阿迪拉的招数愈加巧妙——我便不再详谈了。年纪轻轻就如此堕落，确实让人出乎意料，然而，或许我并不是个例：很多年轻人都不安分；但最奇怪的是，她很容易就相信我天真无邪；她丝毫没有怀疑过我。

---

1 厄热妮·德盖兰（Eugénie de Guérin，1805—1848），法国女作家，虔信天主教，代表作有与弟弟莫里斯·德盖兰（Maurice de Guérin）的书信集和她自己的日记。

　　试着想象一下——一个如此虔诚的女孩，她独自承受的痛苦不仅是她自己的，还有她带给自己养育的孩子的——她的内心会有怎样的挣扎啊。可我不是普通的孩子，我是小神学院的学生，一名未来的教士。啊！如此饶有兴致地旁观自己放的大火，我是怎么做到的？没什么能逃过我的眼睛，无论是阿迪拉那些拙劣的努力，还是她编出的那些理由——我在新年或是复活节假期回家时，她总是不在利奥雅特。她会去修道院避静，不过，在我的恳求之下，她几乎总会在我离开前回家。她说自己被那些违背信仰的念头侵扰，以此为借口不参与圣事，但我一点也不信。可怕的是，我十分清楚，悲剧正在上演。那些年，我的面庞是如此清秀。在那些不修边幅的小神学生当中，我出落得如同一枝百合。"小格拉戴尔？他是个天使……"倘若我有信仰，我会跟您说，我每一次忏悔、领圣体，都是在亵渎上帝。可我早已失去了信仰……没有信仰，便说不上什么亵渎，对吗，神父先生？

　　我甚至没法再把爱当作引诱阿迪拉的借口了，这是自然，但我的初恋也很快枯萎。我并不冷血，可随着小玛蒂尔德逐渐长大，我也愈加喜欢她，还佯装天真地向阿迪拉倾诉。可怜的女孩，踌躇顾虑已让她饱受折磨，妒忌之心又让情况雪上加霜——那是一种令她羞愧难当、倍感恐惧的妒忌。我想，她在那时有过死的念头；天晓得这是不是有人期盼的呢？是不是本来就应该这样呢？（啊！我不应当向您讲这些的！）对于这样的寻死之人，谁能不说一句我只是被利用的工具呢？至少我自己相信了这一点……阿迪拉本该自杀的，无论是她的信仰，还是她对地狱的恐惧，都阻止不了她……可她坚持祈祷，时时刻刻都在祈祷，即使身陷罪孽也不停地祈祷。正如那些一边数着念珠一边祷告的老妇人……幸好世上的人对这样的祷告都是不屑的，也不知道它的力量……

　　十七岁那年，我从教会学校毕业了。孔布[1]内

1　埃米尔·孔布（Émile Combes，1835—1921），1902年至1905年任法国总理，在他的指导下，法国发起了政教分离运动。

阁给法国天主教会带来了沉重的打击。突然间，我对自己的志向产生了严重的怀疑。利奥雅特的神父和迪比什家的夫人们一点也没有责备我，不仅如此，他们还决定承担我的学费——我立志进入大学继续深造。最后一个假期，我几乎寸步不离城堡。我每餐饭都是在那儿吃的。阿迪拉的模样已不再年轻。她肥胖、患着哮喘，每时每刻都在监视我和玛蒂尔德。但那可怜的姑娘也没法一直盯着我们——她常常被各间教区礼堂唤过去。她逐渐看穿了我的把戏，但她坚信，我是她自己的"杰作"。她从未想过可以责备我，哪怕是一丁点的指责。

我去了波尔多，进入文学院学习。资助人给的钱只能解决我的住宿和温饱问题。我曾经梦想过逍遥自在的生活，却在梅里亚代克街区朗贝尔街，住着破房子，过着身无分文的日子。我本该很自然地从阿迪拉那里得到一些补贴；但其实她并没有多少零花钱——她给我寄来的钱，都是从接受她帮助的穷人手里扣下的。

神父先生，您得公道一些，我的行为也有苦衷，这一点不能忽视。您恐怕不知道，一个十八岁的学生，身后没有家庭的支撑，饥寒交迫，会过得有多痛苦。有个妓女和我住在同一栋房子里，她对我很是怜悯。她叫阿琳。我们偶尔会在楼梯间聊天。我患感冒的时候，她会来照顾我。就这样，我们开始来往了。她有记账的习惯。但我欠她的账总也还不完。阿琳非常年轻，也很娇艳。一家酒吧的老板为她着迷，让她住进了一间小平房里（波尔多人管它叫"棚屋"）。那儿没有门房。不必担心春光泄露：房子朝向码头，对面是木材商的货仓。

我白天会在那里待上一会儿，其余时间在市图书馆度过 —— 对我来说那儿的一切都很好……（那时我什么书没读过啊！）晚上，我会去大剧院对面的咖啡馆。在我看来那是世上最豪华的地方。乐团在那里演奏《维特》（选段）和《约瑟兰摇篮曲》。经历了前几周的煎熬，我迫切地需要暖气、食物和酒精。一个女人为你承担一切开支，总是有些羞耻的，可后来我逐渐接受了。就这样一直到了春天。有一天，酒吧老板收到一封匿名信，突然登门捉奸。他原谅了阿琳。但我挨了一顿毒打，被赶出了屋子，那伤痕在我身上留了很久。

我想要略过一些事情。但我还是得把一切都讲出来，就像做笔录那样，跳过细节——我担心您会觉得厌恶，会把这些纸页扔掉。我在复活节假期回到了利奥雅特。玛蒂尔德成了孤儿，在布莱顿的一所中学念书。我整日与阿迪拉待在一起。您只需明白我的罪孽何在。把一个女孩引入歧途是一回事，试图引她堕落则是另一回事。我离开后，从前老实巴交的阿迪拉撒谎、找借口，以便去波尔多给我送钱。我吊足了她的胃口。可她不理会我的反对，拒绝分得她父亲的财产。那时她看清了我的真面目，她是唯一一看清我的人，她与我斗智斗勇。胖胖的阿迪拉，真是可怜！她得避开利奥雅特的所有人。迪比什夫人为此感到悲哀，她为"阿迪拉能够重拾信仰"做了九日祷告[1]。可是，在继承财产的问题上，这可怜的女孩和我对着干：要她讨回那份本不属于她母亲的财产根本不可能。有时我只好迁就她——她似乎就快从我手中溜走了。

事实上，虽然我引诱她堕落，可她并没有绝望。不就是这样吗，神父先生：只要一个人没有绝望，无论怎样的罪行都不会将他与上帝分隔，他们之间的距离不过是一段对话、一声叹息。我深知这一点。我还知道她在等我入伍，她期望我们能被迫分开。

"到那时我就不得不离开你了，"她跟我说，"我会躲起来，不是要躲进修道院，而是躲进修道院的猪圈，或是去收容改头换面的女孩们的地方……"

"不，"我回答道，"不论我的驻地有多远，你都要来找我，再说了……"

1　九日祷告（neuvaine），天主教的一种祷告仪式，持续九天，旨在求得特定的恩典。——编者注

我就不在此跟您复述我说的话了，就当不是从我嘴里说出的吧。

在那之前，我就知道我不会服兵役；关于这件事，很多方面都让我早有预感，心里也一直很确信。实际上，二十岁那年我患了胸膜炎，病情算不上严重，但过了很久后遗症才消失。就这样，我没有去服兵役。在那段时间，我父亲离世了。每年临近放假，我都会跟我的资助人大肆吹嘘我优异的成绩。其实我连学籍都没注册。利奥雅特没有其他人在文学院念书，所以我的这场骗局持续到了最后。

也是在那段时间，我觉得自己能够掌控阿迪拉，只要她不去讨回财产，我就可以假装抛弃她。最后，她和家人彻底决裂了，独自在毕尔巴鄂[1]生活。就连我也不知道她已有孕在身。为了在国外养胎，这个可怜的姑娘一手策划了这场决裂。阿迪拉的补贴虽然没了，我却很容易就接受了，因为那时我收到了阿琳的来信——她告诉我，她那

---

1 位于西班牙北部，靠近与法国接壤的边境。——编者注

个酒吧老板突然死亡，她又恢复了自由身。他是不是把手头的财产分给了她？这事是她干的吗？在这一点上，我不该表现得那么克制，那时的她毫无防备，可能会全盘招供。后来，当我意识到自己应该控制住她时，她早已起了戒心，我就什么也得不到了。

再见到阿琳时，她已跻身资产阶级，住在公寓里，由女佣伺候着，一副贵妇的模样。她把四楼的一间房转租给我，但我并不常在那儿住。我不交房租。阿琳成了一个女商人。她在好些"商行"都有生意。您放心，这一段我会很快讲完。您只需知道：她拉我入伙与她一同经营，赚取利润。相较于我人生的其他阶段，这里我得一笔带过。别往回看，神父先生，否则您会变成盐柱。[1]阿琳是敲诈勒索的天才。这是个危险的游戏，不过警察局里有我们的同谋。到了一九一四年，我

---

1 参见《创世记》第 19 章。上帝派天使来毁灭索多玛和蛾摩拉两座淫恶之城，天使认为罗得很善良，提醒他带妻女赶紧离开，但路上不能回头。罗得的妻子跟在丈夫后面，她回头望了一眼，于是变为一根盐柱。

们甚至不得不因此金盆洗手：我们的同谋朋友过于贪心，做事情不留余地。

这段时间，一九一三年一月，阿迪拉——唯一彻底了解我的女人（也许这就是为什么她对我表现出一种怜悯，而这令我毛骨悚然）——告诉我，我们的儿子安德烈斯出生了，并与我谈婚论嫁。她表示一定能取得她母亲的同意，那时她的母亲已十分虚弱（该是没过多久就去世了）。

然而，只要能和阿琳一起过富足的生活，我便会拒绝和阿迪拉结婚，虽然这是门很不错的婚事。一想到要与阿迪拉共同生活，我便感到厌恶。实际上，我并不是对她毫无感情；只是在她身边，如此厚颜无耻的我，仍会感到莫名的羞耻！她还是原来的模样，我熟识的那个利奥雅特的胖女孩、健康快乐的姑娘、上帝的仆役、穷人的朋友，我曾引诱她堕落——她堕落，却并不绝望。她从不绝望。

后来，我还是在战争年代结了婚。我是没别的选择，我几乎走投无路。体格检查委员会同意我继续免服兵役，于是，一九一五年初，我和阿琳一起去了巴黎。起初，我们在那儿赚了不少钱。我们做了些买卖——我没有勇气向您细说。毒品交易从未如此活跃，大量的可卡因从德国经由荷兰运来。要明白随后发生的事，您得知道，为了不让自己陷入那些更复杂的麻烦，我逐渐成了阿琳的傀儡。是的，自一九一五年开始，她便在我头上作威作福：从那一年起，她不再是那个柔情似水的女孩，那个在梅里亚代克街区朗贝尔街对我无微不至的女孩。她甚至不再是那个拉我入伙做生意的精明女老板了。她一直有酗酒的毛病，日复一日，她嗜酒成性，到了不再营生的地步。她就指望着我。我对您发誓，她有的是法子让我听话；您相信我的话吧？您不会刨根问底吧？

我的生命中曾经有过，也一直有着这样一个女人——她整日卧床不起，枕边放着一瓶茴香酒和一个杯子，捧着侦探小说。她不洗澡，也没人为她打理房间。她那些难看的绣花床单、满是污渍的破丝绸衫，我都不忍跟您描述。到处是脏杯

子、空酒瓶；她……我只好定期去那儿看看。我
真是中了她的计啊，神父先生！可我得到了一个
承诺，一个发自内心深处的承诺：我将顺顺利利
地度过一生（您一定觉得我疯了）。这是真的，我
曾经万事顺意，在某种程度上，我的生活很幸运。
在那个时代，有那么多与我同龄的男孩在前线受
苦，甚至丧生；我却安身立命，财运亨通……"要
是你在两个女人之间为难，"有个声音对我说，
"这并不怪你。娶了那个有钱的女人，你就能让那
个抓着你不放的穷女人死心……"是啊，我明白，
对我们说话的人总是我们自己……

　　我写了一封简短的信，跟阿迪拉说我决定娶
她。复活节那阵子，我离开了巴黎。我还记得回
到利奥雅特的那个晚上。没人等我。厨师告诉我，
阿迪拉在临时医院陪一个临终的病人过夜。那所
临时医院是她家在以前的教会学校里开办的。

　　第二天早上，她敲门进了我的房间。她瘦了
不少，头上戴着一顶护士帽，好像没那么难看了。

这个快要四十岁的女人，模样已是如此衰老，这让我十分惊讶。我瞬间对我们的婚姻感到恐惧，毕竟，虽然那时我已经三十二岁了，可没人觉得我年过二十。阿迪拉一言不发地看着我。我躺在床上，看着镜子里的自己——我就是这样出现在这个即将和我结婚的老女人面前的。她直直地站着，站在离我最远的地方，甚至没有要亲吻我的意思。她告诉我，她把小安德烈斯留在了毕尔巴鄂，"寄养在奶妈家里"，告诉我他长得很漂亮。这个孩子与我何干！我还记得窗户敞开着，复活节的阳光照在我床上，山雀在光秃秃的橡树林里啼鸣：外头是多么青春欢乐，杀戮尚在酝酿，可仍是个爱意满盈的世界；我注视着面前的女人，我的大奖彩票……一缕接近花白的头发从她的帽子里露了出来。她低垂着眼睛，表情无动于衷，显然是打定了主意，不愿看我一眼。我再也无法抑制自己，吞吞吐吐地说：

"你的目的达成了……你觉得你用钱买下我了……你觉得我属于你了……你等着瞧吧！你等

着瞧吧！"

　　她抬起头来。我一直都有读懂人心的本领。她的眼神中没有任何贪婪，也没有任何强烈的情感。我从床上下来，她也没眨一下眼。她靠在门上，嗫嚅着，我向她走过去。她的脸色变得无比苍白，我问是不是我让她害怕了。她低下了头。

　　"那你为什么要嫁给我呢？"

　　"我必须嫁给你。为了安德烈斯。"

　　"你不是早就不爱我了吗？"

　　她做出一个模棱两可的手势。

　　"你讨厌我？"

　　"不，"她否定道，"我讨厌的是你的内心。"

　　"我邪恶的内心？要知道，那可是你的杰作！"

　　啊！终于被我说中了。她发出一声呻吟。

　　"我那时还是个小男孩，你记得吗？那么单纯的小孩啊，阿迪拉……一个小修士……"

　　她眼里噙满了泪水……那张可怜又松弛的脸上满是恐惧。突然，我看见她倒在了地上。而我只穿着睡衣，就站在那儿看着她，您能想象吗？

她把头缩进怀里，肥胖的身躯因啜泣而颤抖。假如还有某种让我十分陌生的情感的话，那就是怜悯吧——即便对一个与我联结紧密的人，我也很难做到……啊！在那一刻，我却对她心生怜悯……该怎么说呢，神父先生？一种超越自然的怜悯。这并不是我随便形容的。我不得已改口道：

"别啊，可怜的女人，别啊，别相信我。什么？你这是在说什么？"

我俯身靠向她，用手拨开她额上那缕几乎花白的头发，想要听清她抽抽噎噎说的话。我终于听见了："颈项上的大磨石……"

她一遍遍重复着基督对那些引诱其信徒犯罪之人的威吓："倒不如把大磨石拴在这人的颈项上……"[1] 一股难以抵抗的冲动驱使着我，我跪在了她的身旁。我将她搂在怀里：

"不会的，可怜的姑娘，你是不会受到这威吓的。"因为我并不是他的信徒，信徒的天使是能够

1　见《马太福音》第 18 章第 6 节。

直面全能的上帝的。我从不是信徒中的一员。当我回望过去，堕落在我的内心肆意生长，我激起你心中的骚动，以此作为消遣……年龄没法说明什么……从我降临到这个世界的那一刻起，我并不同其他人一样天真无邪，而是被戴上了天真无邪的面具。我透过孩童的眼睛，注视着我在你的肉体、你的心灵中激发的渴望。你那可悲的灵魂为之生畏，这令我感到高兴。我明白自己是诱饵。我的嘴里满是自己的毒药味。你靠近的是一具被附身的肉体。你在我虚伪的天真周围徘徊。你跟跄地前进、后退，又回到我身边，我都看得一清二楚。我是个多么冷酷无情的孩子啊，我一直都在骗你，可怜的姑娘。所以你别担心了。你我之中，我才是诱惑你的那一个，我才是更强大、更年长的。十六岁的我多么老成啊！通达世故！而你，虚长我七岁，内心却多么童真啊！

　　她又站起身来，倚在墙边。我再次看见她那肿胀不堪的面孔，那几绺从白色帽子下面露出来的头发。我又听见了攀禽的歌声，山雀的啁啾，迁徙的鸫鸟栖息在常春藤的枝头……那是一个圣周[1]的清晨……那是我生命中没有作恶的时刻，神父先生，我行了好事，向绝望边缘的灵魂伸出了手……我本无意如此，大概，无意如此……他[2]也一样。

"你走吧，离开我吧！"我向她重复着，"就现在，走吧。"

她摇摇头，深情地看着我。她仍然不时地颤抖，但不再流泪，一遍遍重复着："绝不可能……"我恢复了平常的声音，对她说道：

"你还戒不掉我吗？"

她挺起身来，就好像我戳了她一下。我继续说道：

"要是你戒得掉我，你就会走的，你会离开我的。你知道会有什么在等着你吗？"

她说她知道。

"你自以为很了解我……可你并不知道我能

---

1 复活节之前的一周被称为圣周。

2 代指魔鬼撒旦。

干出什么事情来……"（我说了这些话，仿佛想让阿迪拉必须心甘情愿地嫁给我似的。）

"我怎么可能不知道？"

说到这里，她的嗓音沉闷，我感到她对我十分厌恶。我勃然大怒：

"到时候，我看你还会不会这么神气。"

她仰头靠着墙，直勾勾地盯着我。

"我想要这一切快点办成，"她喃喃地说，"最麻烦的是要告诉……"

我粗暴地打断她：

"你母亲？她脑子早就糊涂了……"

"不是她，"她说，"我早给她做过思想准备，她不会惊讶的。我指的是玛蒂尔德……"

她为什么跟我提起玛蒂尔德……一直以来，我们都不约而同地回避这个名字。我提醒她，玛蒂尔德现在在英国。她和我们有什么关系？她将面对的是一个既成的事实。阿迪拉低声说道：

"她明天就会回来。"

她愣了神，两颗泪珠顺着脸颊流下来。

"我们得告诉她……"

"关她什么事？她只是你的表妹而已。好吧，你们过去住在同一屋檐下……你知道我要带你去巴黎吗？"

我咬了咬嘴唇，因自己一时说漏嘴感到恼火。还没等我们结婚，我就告诉了阿迪拉自己想离开利奥雅特。可我能看出来，她对这件事毫不关心。她步入婚姻就像跳进海里。她喃喃地说：

"去巴黎，或是别的地方……"

"是，你说得没错：去巴黎也好，去别的地方也好，你都会和我一起，都会是我的妻子，无论我变成什么样子，你都是我的至亲。"

她低声呢喃："我现在就是了……"

我继续说道："你的一切都属于我，阿迪拉。你是我的。只属于我。你我之间再无他人。"

我感到自己并没有压制住她。她注视着我，坚定地否认道：

"不，我不会是你的唯一。我不是唯一一个。如果我是，我早就从你身边离开，跑到世界的另一头，或者去了另一个世界。"

我没法回答。她沉默了一会儿，继续说道：

"我会和母亲谈谈的……至于玛蒂尔德，我实在是做不到。这消息还是你自己告诉她吧……而且要尽快……明天就跟她说。一切都得尽快办完……你的法定住所就在巴黎，为什么不去巴黎办婚礼呢？"

"不行，"我反对道，"我想在这里办一场隆重的婚礼。我想让你身穿洁白的婚纱走过利奥雅特。我想让人们见证我的凯旋……一场声势浩大的凯旋，对吗？会有人察觉到发生了什么。会有人当众羞辱我们，你得为此做好准备，我的老姑娘。可无所谓！我要在利奥雅特的教堂里办一场风光的婚礼。"

"你会的，我们会的。"

她盯着我，呼吸急促。

整整一天，我没再跟任何人见面。我不敢冒险去镇上，那里到处都是寡妇、死了儿子的母亲。每家每户都在服丧，都在惶惶不安中度日。那时，要是看见一个没上前线的年轻人，人们是无法忍受的。事实上，我的免役合乎规定；医生的听诊和 X 光检查显示，我肺部的状况仍然堪忧。可奇怪的是，我没有感到任何不适，也没有感到丝毫疲劳；我有着钢铁般的身体。这一点您怎么解释都行，神父先生。必须承认的是，有一股神奇的力量在护佑我，它让我远离危险……然而，随着我命运的轨迹日益清晰，这使我感到恐惧。

我一整天都在花园里闲逛。阿迪拉又回了医院。她的母亲已经很多年没有下楼吃过饭了。在城堡临街的一面，所有窗户都紧闭着，唯独老太太那间的百叶窗开着。在西侧，我看到一个女佣正在擦洗玛蒂尔德房间的窗户，那间房与阿迪拉的房间相连。

午时，我收到一封阿琳寄来的信，是一封蛮横的恐吓信；但我很镇定。搅和我的婚事对她没有好处，只要钱还没落进我手里，我就没什么好怕她的。不过，她会发起攻势，先让我提心吊胆。像您这样的人，神父先生，不会明白我们这种人怎么会产生想要除掉这块绊脚石的想法。可是从那时起，如何摆脱阿琳成了我长期的苦恼。我的想象力十分丰富：我一生都在幻想着要除掉她，那些情节足以写成多少本侦探小说啊！可世上哪有简单易行的犯罪呢。更何况，阿琳是敲诈勒索、危险游戏中的行家，始终保持着警惕。她经常跟我谈起这个折磨着我的诱惑，仿佛我想除掉她是件十分自然的事；她向我解释，为什么我不会杀她，为什么我没法杀她：不出四十八小时，我就会被怀疑，被捉拿归案；锁定我犯罪的证据到处都是。她也经常对我说，她把文件交到了可靠的人手里，这些文件会在第一时间让司法部门注意到我。这个奸诈的家伙最终说服了我——杀掉她对我而言得不偿失，就算我是无辜的，一旦她出了什么事，我也会受牵连。

我流连在这片光秃秃的野树林里，度过了那一天。这些树木并不知道我的真面目，尽管它们从童年起就认识我了。只有我这样的人，才会如此眷恋这片可爱的天地。它不会审视我们，也不会对我们加以评判……这个充满野兽和星辰的芬芳世界，并不明白世上有圣徒也有罪人，有得救的人也有迷途的人。我还记得那天下午，约莫三点，我坐在一棵被砍倒的松树上晒太阳。松树巨大的躯干在倒地时砸坏了旁边的橡树。我就蹲在这剥落的树皮气味中取暖，像一只无辜的狐狸、天真的石貂。大自然不需要我的交代：一切依靠它生存的生命，一切与其最隐秘的生活交织的生命，都相互吞噬。那里有千千万万的噬食者，我是他们中的一员，我们一同在阳光下温暖自己的羽翼、皮毛与鞘翅。我不再痛苦；我的痛苦奇迹般地悬置了……您应该知道，神父先生，可怕的痛苦从来不会停止，每秒的疼痛都永无止境。那时，我还没听过有位老神父后来对我说的话。他长着圣徒般的面孔，我在吕雄疗养的那年，有时会在叙佩尔－巴涅尔的山路上遇见他。我们谈到了他口中的"这世界的王"[1]……他言之凿凿，令

---

1 《圣经》中多次以此代指撒旦。

我不寒而栗："有些灵魂是属于他的……"他似乎对此深信不疑。我不敢多问，连忙顾而言他。从那以后，我四处寻找这位老者，想要得到他的解释。最后我找到了他的踪迹：老人家不久前在旺夫的一家养老院里与世长辞，正如你们所言，骇人的秘密也随他而去：有些灵魂是属于他的……

第二天，吃过午饭后，玛蒂尔德回来了，可我并没有去迎接她。一整天，我都听到她在叫阿迪拉，她在房间里又笑又唱，整理东西。她把门关得砰砰响。那个小姑娘所到之处，一切都会被唤醒，她还是老样子。我正在太阳底下看报纸，一只灵巧的手摘下了我的帽子。一阵熟悉的笑声传来，可起初我只是认出了她的笑声。面前这个如燕子般纤细、高挑的女孩，很难让我回想起曾经同我嬉戏的那个面黄肌瘦的小孩。她也不像后来的玛蒂尔德·德巴，或者说桑福里安·德巴夫人——遗憾的是，您再也没法指引她灵修了。神父先生，那时的玛蒂尔德简直是世上最悲惨的人。

她没有您熟知的那副端庄的模样……而是有些惊慌失措，是的：像一只猝然闯入的燕子，在房间里四处乱撞。她太瘦了，简直骨瘦如柴……她站在走廊中央，像一只停在枝头的小鸟，下一秒钟就会飞走。她晃动着帽子，一个劲儿地盯着我看，不停摇动她的小脑袋，头发扎得紧紧的。我可以向您描述她的打扮——天气还很寒冷，可她赤裸着手臂，小麦色的脖子上戴着大颗的珊瑚珠。我不再是我自己，我不知道自己是谁：我的内心深处涌起一股神秘的柔情，在我罪孽深重的生活之中蔓延开来。眼前的少女让我重返少年时代。不，这不是真的，一切都是梦境。我们仿佛又回到了在女贞树丛里捉迷藏的时光。阿迪拉正在找我们，大叫着我们的名字；我轻轻揽着玛蒂尔德，她的双臂环住我的脖子。一切肮脏的生活都不过是一场噩梦。我蓦然惊醒，你还在那里，还爱着我……我们静静地待在原地，从容不迫……突然间，她开口了：

"你还是老样子，亲爱的加布里埃尔！你还和从前一样爱脸红……"

这致命的话语在一瞬间划开了迷雾。我看清了我的人生。

难道一切都没有改变我吗？其实，玛蒂尔德几乎没错：那个同她嬉戏的我，和如今的我一样无可救药；烂漫的年纪是我的伪装……是的，我并没有改变：无论我后来做了什么，我都还是原来的模样，那副真实的、永恒的面孔。

"你看上去没什么异样……可你应该是个病人……我知道的：上次旅行的时候，我看过你的X光片……我现在的医术很不错！看见你气色这么好，还真是出人意料。"

她问起我的体温，得知我并没有每晚量体温的习惯，她显得不太满意。我们一起往前走。许多松树都被砍掉了；我们曾经熟悉的那些兽穴也已被摧毁。从前，要去巴里昂河必须穿过一片灌木丛。曾经在桤木和橡树枝叶下汩汩流淌的巴里昂河，现在已是光秃一片，它在被夷平的土地上颤抖着，布满了树桩和散落的树皮碎片。

"至少巴里昂河还是老样子，"玛蒂尔德说，"你不会觉得，炮弹、毒气可以把小河怎么样吧？什么也改变不了潺潺的流水……"

"那可不然，我的小姑娘（我一直叫她'我的小姑娘'），我们可以给它下毒……你瞧，"我又说道，"我们的'基地'还在这儿！"

您知道，在利奥雅特，我们把猎野鸽时藏身的地方叫作"基地"。我们像以前那样走进去。我完全没想过要利用单独相处的机会做些什么，玛蒂尔德也没有想干坏事。我们重逢了，就像两个孩子一样，打记事起，我们的假期都是在这座村庄度过的。只是现在，我们的肩膀靠在一起。在万籁俱寂之中，在枯萎蕨草的气味之中，我又不知道自己是谁了。我的脸上没有罪孽的印迹，那天，我本该相信，我的灵魂也一尘不染。或许，是小玛蒂尔德的纯真感染了我？我幸福了好一阵子……是啊，我依然知道幸福意味着什么……直到玛蒂尔德开口说：

"比如，我觉得阿迪拉变了很多……成了个老女人，叫人认不出来了。"

我没有接话。雨点滴滴答答地敲打着我们用蕨草和树叶搭起来的棚子。不远处有一只鸟儿在高声啼叫。别想阿迪拉！别想阿迪拉！可就算我再努力，从今往后她一定会隔在我们之间。玛蒂尔德问起我的工作，她想知道我的收入从何而来。我回答得小心翼翼，心里却在打鼓。她是个务实的姑娘，熟谙生意之道。我们这里有很多这样的姑娘，可我很难发现。还好有些买卖是可以向她坦白的。那时我们无论进什么货，把它们囤起来，一个月后再卖掉，就能大赚一笔。玛蒂尔德噘起了嘴，她管这叫"投机取巧"。

"你就没有想过离开巴黎，回利奥雅特生活吗？"她问道。

"我在利奥雅特做什么呢？"

"我怎么知道！你想一想……"

我们的目光在漆黑的"基地"里相遇了。雨停了。土地潮湿的气味袭来，阴冷笼罩着我们……可我们是温暖的。我知道她要对我说什么。我明白……太晚了！除非牺牲阿迪拉……再说这也不算是牺牲：阿迪拉已经不爱我了。在她看来，我们的婚姻只是在赎罪。她没法对我做什么……

"比如，你可以来帮我打理产业？"

"以什么样的身份呢？"

她没有直接回答这个问题，转而讲起了布莱顿，讲起她两个澳大利亚的女友，她们父母的船被鱼雷炸沉，双双遇难。突然，她问我知不知道她为什么要回法国。原来，她打算和桑福里安·德巴结婚——她的一个表兄，大她二十岁。玛蒂尔德的父母离世之前，他就已经在管理她的产业了。我有些激动。

"我还没最终决定呢，"她继续说道，"可要是我不嫁给他——很可能我不会嫁给他，也不能只是写封信就把他打发了。我欠他太多了……"

雨又下了起来。我们朝房子跑去。我像小时候那样拉住她的手，可现在她跑得比我还快了。我们跑进昏暗的前厅。暴风雨低沉地轰响。我看到一件护士服搭在扶手椅上。

"阿迪拉回来了，"玛蒂尔德说，"我不敢叫她。她好像在躲我……她会因为什么躲着我呢，你知道吗？也许是她觉得我给她写信太少了……毕竟，我们以前也没那么亲密！等我结婚了，我就终于能住自己的房子了……"

"城堡是你们共有吗？"

"我打算搬出去。我倒也没那么想要这座城堡……如果阿迪拉想要的话……"

"广场上那栋德巴先生的房子怪阴森的……"

她的声音有些颤抖，说自己"没有想要住在德巴先生那里"。和往常一样，每到雷雨天，灯就会熄灭。我们就这么站在黄昏淅沥的雨中。二楼的脚步声清晰可辨。我的内心涌起一股疯狂的、毫无来由的欲望：我想立刻和阿迪拉谈谈，想把她甩掉。不能再有片刻的犹豫：我终于可以自由了，终于可以幸福了！我要扫清所有障碍；在我的脑海中，我已经冲向它们了，像个疯子一样。啊！那阿琳呢？然而玛蒂尔德跟阿迪拉一样阔绰……我可以拿出些钱来堵住阿琳的嘴……不行，我很清楚，什么也阻止不了那个卑鄙的女人，她会一直勒索我到死。一旦我结了婚，就该想想怎么处理这件事了。幸福，这意料之外的幸福，便足以给我勇气让阿琳闭嘴，永远闭口不言。是的，突然，就在那一刻，在乡村房子的前厅里，身边的女孩气喘吁吁——我决心犯这最后一桩罪行。为了悬崖勒马而犯的最后一桩罪行。再犯一次，然后一切都将结束。

大雨滂沱，雷声轰鸣，可除了玛蒂尔德微微的喘息，别的声音我都听不见了。黑暗中，我的双手踌躇着向前。

"我的心从没变过！"她喃喃道，"你呢？"

我把她抱进怀里，头顶那沉重的脚步声让我分心：阿迪拉……得立刻摆脱阿迪拉……我不能再有片刻的犹豫。我轻轻推开玛蒂尔德，让她回房间等我。

我走进阿迪拉的房间，没有敲门，就像个小偷似的。她正来回踱步，数着念珠祷告：我们刚刚在前厅里听到的就是她踱步的声音。蜡烛在壁炉上燃烧着。看到我，她停了下来，一脸不安，念珠缠在她的手腕上。

"晚饭之前我想跟你聊聊（我的声音是那么温柔！我自己都大吃一惊）。昨天和你聊完以后，我一直在想……我对你的伤害已经太多了，可怜的阿迪拉。这桩婚事简直太荒唐了……"

她疲倦地挥了挥手说：

"何必再来一遍呢？我们都已经说清楚了。"

我支支吾吾，火气蹿了上来：

"可我呢？我该怎么办？我的幸福呢？"

阿迪拉已经转过身来，一脸认真地看着我：

"你的幸福？你的幸福就是我的钱财……我的产业……"

她说这些话的语气是多么冷漠啊！我否认说，自己并不在乎她的钱。我无法控制自己：

"我可以拥有一笔和你一样多的财产，甚至比你的还要多……还有，我要娶的女人也不会是……"（有时我会想到这个词，一个我平日里讲不出口的肮脏的字眼，我本是那么厌恶它。可有些时候，您无法想象我会说出什么来……）

阿迪拉的声音有些颤抖：

"你想要谁？玛蒂尔德？我早料到了。我能察觉到。"她的表情很痛苦。

她转而平静地说道：

"可你不能！亲爱的，你必须做个了断。"

"谁能强迫我？"我含糊地说。阿迪拉回答说她自有办法……

"得了吧！你会完蛋的……"

我愤怒到了极点。从前，她常常会忍受我的怒火，可这次她毫不退让，紧紧盯着我的眼睛说道：

"你吓唬不了我，我豁出去了。你听好了：我很乐意做那个拯救玛蒂尔德的人——假如有这个必要。你还不明白吗？我已经一无所有，也别无所求；我已经失去了一切，或者说已经赢得了一切……你再也给不了我任何东西，再也无法伤害我了。"

我举起手，伸向她那粗壮、苍白的脖子：

"那这样，你也不怕吗？"

她摇了摇头：

"不，怕的人是你自己，加布里埃尔……"

我犹豫着想要扑向她。她走了出去，一直走进楼道。我本以为她是想要躲开我，但并非如此——我听见她高声叫着玛蒂尔德的名字。

小玛蒂尔德脚步轻快，台阶发出嘎吱嘎吱的声音。我站得离窗户尽可能远，她进来时并没有看见我。我听到她的声音：

"你在吗，加布里埃尔？"

这时，阿迪拉已经关上了门。

"不能再等了，我和加布里埃尔，我们有件重要的事情要宣布……加布里埃尔，你答应我了，你会亲自告诉玛蒂尔德……"

小玛蒂尔德一定以为，我刚刚把我们的事告诉了她的表姐，而阿迪拉要向她宣布自己订婚的消息。

"我们俩，"玛蒂尔德笑着说道，"都找到了自己的幸福……阿迪拉，快揭晓吧，告诉我他的名字……我认识这个人吗？"

"亲爱的，你猜不到？近在眼前，他就在房间里。"

她小心翼翼地说道。仿佛是在梦中，我听见玛蒂尔德重复说：

"什么？开什么玩笑？"

我等着这一切结束。玛蒂尔德突然问我：

"这不会是真的吧，加布里埃尔？"

我支支吾吾：

"我希望这不是真的……"

接着，阿迪拉如同背课文一样，声音冷淡地说，她不能否认这是真的，她和我已经互相许诺了。玛蒂尔德低声对我说：

"她是在逗你？说话！你说话啊！"

我做出一个模棱两可的手势来否认。我只听见玛蒂尔德呼吸急促地说着话，却听不进去她在说些什么。

我恍惚了好一会儿，接着开始明白她说的话了。她的声音时断时续：

"全都清楚了。你没有想到我是如此愚蠢……你早就确信她会答应你……进这个家的门才是你的目的。真想不到啊，你心里谋划的是这个，加布里埃尔！你竟然能干出这种事情！"

我永远不会忘记阿迪拉的眼神。她表妹重复着：

"谁能想到你竟然能干出……"

没错，在了解我的人看来，玛蒂尔德的愤怒荒唐可笑。

"不用担心，我是不会和你抢的，"她大喊，"即使这对我来说轻而易举，你知道吗！你可留着他吧，姐姐！"

她甚至蹦出了夹杂着方言的话：

"你可留着他吧。"

这时，阿迪拉从墙上弹起来，她眯着眼睛，迅速说道：

"和我没关系……只是……我们有一个小儿子，名字叫安德烈斯，今年已经五岁了。"

玛蒂尔德茫然地喃喃道："你？孩子……"接

着笑了起来。

最后，她恍惚地走出了房间。我们听见她跌倒在走廊里。我冲了出去，可阿迪拉用力将我推开。这种时候去惹她可太危险了。她跪在地上，扶住她妹妹的头。我把她留在那儿，头也不回地下楼了。

我踩进一个个水洼，脚底传来一阵寒意。我沿着洁白如洗的小径向前走，可有时路也看不见了，便一头撞在松树上。也许这是我一生中最接近自尽的时刻。可是，有一个急切的声音隐隐地盘旋着："不，你太软弱了！"这声音似乎不想我就这么死去。没错，我的确是个懦夫，可纵观我们所有的弊病，懦弱往往是能拯救我们的那一个。我走入黑夜，浑身都湿透了，饥饿难耐，满手都是血，可是我还活着，唉！我活得好好的！

我得再讲快些，神父先生，不然您不会有力气听到最后了。玛蒂尔德第二天就离开了。阿迪拉又变回了我曾在利奥雅特见到的那个冷漠、被动、顺从的女孩。但我们没能在村子里结婚：我收到些可怕的来信，上面署着一些寡妇和重伤士兵的名字。在城堡的窗户底下，哄闹嘲弄声不绝于耳。我不得不在当晚驱车逃走，去远处的车站搭火车。阿迪拉在巴黎与我会合，我们在那儿办了婚礼，我们的证婚人是唯一到场的宾客。几周后，玛蒂尔德跟桑福里安·德巴结婚了。

我提出财产由夫妻两人共有。阿迪拉不加考虑就答应了我所有的要求。她不顾安德烈斯的利益，同意拿出她的一部分房产，卖掉了那块土地，把钱放在我名下；她还签署了我拟给她的遗嘱。可她的死亡是毫无预兆的。您可不要觉得……您可千万不要怀疑我……她是被一场流感夺去了性命，那是在停战已经一年多，流感似乎都快过去的关头发生的。她的死是你们所谓的安然辞世，没有什么严重的症状……然而，我还是在她门外听到了一些话：她只想着我，甚至没有叫过她儿子的名字……您得承认，这是一种奇怪的信仰，在痛苦中得到救赎，献出生命；可命运并非你我能够掌握的……或许现实就是难以理解……我想告诉您，我为她哀悼，我仍然当她活着、想着她，她从未离开过我的生活。您相信吗？

自然，我一重获自由，阿琳就想嫁给我：可我宁愿去蹲大牢，这一点她很快就明白了。于是，她对我的勒索也愈加无情。我只好去找桑福里安·德巴求助。

您是认识他的。那时，他已经病了。正如人们所说，他不是个感情充沛的人。如果玛蒂尔德嫁的人是我这样的，至少她还能感受到爱……当然，她醒悟过来的时候会很糟糕；但她本可以经历爱情，也许是几个星期，也许几个月。您能够想象她的婚姻生活是什么样子。无论如何，她生下了一个女儿。可自打卡特琳出生那天起，她的巢就已经被占了：毕竟，阿迪拉死后，玛蒂尔德就写信给我，说她很愿意照顾小安德烈斯。从那以后，安德烈斯便一直和她生活在一起。

桑福里安·德巴一看见我，便对我做出了判断。倒不是说他看穿了我的弯弯肠子。我的真实面目是他无法想象的。他只当我是个无赖；从他的利害出发，他的确应该这么看待我。我继承了阿迪拉的遗产，在法律的允许下，我还以配偶的身份剥夺了儿子的继承权。阿琳不断向我施压——对了，我得承认，我的生活潦倒（那简直不叫生活！）——很快，我迫不得已砍掉了剩下的松树，起初是那些老树，后来是那些正丰产的。有一天，桑福里安·德巴来巴黎看我。他说我正在毁掉自己的产业，我应该把这些交给他来打理。他保证会给我一笔充足的收入。他一开始就把我要的钱全部预付给了我。他买树时耍的那些手段，我就不再跟您细说了。当然，我的树也紧挨着他的。随着安德烈斯长大，他的手段，在我眼里，也许是在为我开脱……（好像我这种人还要别人帮忙开脱似的！好吧，我的确需要，特别是事关我儿子的时候）而这也尤其打消了他妻子玛蒂尔德的顾虑。在我面前，玛蒂尔德总是维护着安德烈斯的利益，她把他当作自己的孩子；如今，您已经很了解她了，您知道，她爱安德烈斯胜过爱她自己的女儿卡特琳。我还记得，当她发现丈夫利

用我对金钱无止境的欲望来剥削我时，她对丈夫
大发雷霆。

可德巴打消了她的顾虑，他晓之以理：既然
无法阻止我把产业变卖出去，那倒不如卖给自家
人，免得流到外人手里。要让安德烈斯的利益不
受损害，只需让他和卡特琳订婚。这样一来，那
些他父亲为了丰厚的利益出让的产业，他通过婚
姻就能重新拿回来。这个主意并不荒唐，毕竟安
德烈斯和卡特琳打小就形影不离。桑福里安·德
巴的诚意因而让人深信不疑：他嗜财如命，不愿
割舍一点家产——在我们家乡，这就是许多近亲
结婚的原因。总之，为了不让地产流到外人手中，
他从我这里买下了土地，但以后这里也还是归安
德烈斯所有。

这样一来，德巴安抚住了妻子，一点点吞掉
了我所有的财产。安德烈斯还手握塞尔内斯和贝
利扎乌的田产，那一千多公顷丰产的土地是他母
亲的遗产，我无权干涉。倘若德巴真的决定要我
们的孩子结婚，他为什么还要染指安德烈斯这最

后的家产？一旦结婚，我儿子就会把地产带进家门，他为什么还要为了提前占有这块土地去纳税？不瞒您说，这便是我的疑虑。我愿意相信，自打他半身不遂以来，他嗜钱如命到了发狂的地步，不讲任何道理……他甚至扬言，只有等这笔交易做成了，两个孩子才能结婚。最后，他还向我施压，要我让安德烈斯下决心卖掉这座农庄……这下您明白了吗，神父先生？您现在知道了我的真面目，我这样的父亲，对我的孩子有绝对的威信——尽管打出生起我就对他漠不关心，只有在回利奥雅特拿钱的时候，我才会和他见上一面。实际上，那钱还是我从他那儿骗来的。就算是对我的儿子，我也知道该怎么讨他的欢心；他是我最后一个要征服的人，他和其他人一样，要被我利用。然而，我还是爱他的。

但凡是我让他做的事他都会去做，尽管他也十分珍视土地，可他不会做卑劣的事情。他没有经营产业的天分，但遗传了他母亲的天性——他关心佃农，料理他们的事务……"他总站在他们那边。"他的老板恶狠狠地说。总之，他成了桑福里安·德巴的义务管家。即便坐拥迪比什家大部分的土地，这个老狐狸仍不满足。他还要榨干这家的最后一个男嗣，把他当成用人使唤……安德烈斯之所以容忍着这一切，是因为他已经把自己当作卡特琳的丈夫了。因此，他爽快地答应了岳父，将德巴当成一个任性的病人。他以尽可能低的价格出让了贝利扎乌和塞尔内斯的田产，以免增加税款；更何况，德巴向他保证，一旦成交，就定下婚礼的日子。而我，我多想他自己留着这些土地，神父先生。我很清楚，一旦事成，我将会得到一笔佣金；德巴给我开了个价……而我的孩子，他知道我手头很紧，答应把卖得的钱先借给我。我许了他百分之五的利息……但谁能说这不是个陷阱呢，在剥光了安德烈斯之后，这个老头还想要他做女婿？要是没有公证签字，这种人的承诺算得了什么？只是，眼下阿琳对我的骚扰如此频繁，这是从未有过的。有那么几年，我有的是办法对付她……可是我老了，一月一月，一周一周，每况愈下……

　　我是完蛋了，可我不会去剥夺我的孩子……塞尔内斯和贝利扎乌的田产他得留着……至少，留到婚礼后的一天……再说了，这是以退为进。一旦拿到佣金和安德烈斯的借款，我便别无所求……剩下要做的，就是向德巴坦白：也许他有更厉害的招数对付阿琳。只要他不利用我的秘密来除掉我，或是趁机找个悔婚的托词……神父先生，只有您，只有您……

—

男人放下笔，重读了一遍刚写下的文字，站起身来。他穿着一件破旧、脏污的蓝色丝绸睡袍。他已是满头银发，可那黝黑的皮肤仍衬着一张少年的面庞。他那双清澈的眼睛，大概还是孩童时的模样。一缕惨白的日光透过肮脏的窗格照了进来。他烦躁地等待着这缕巴黎的光线完全熄灭，好去合上那些锋利的百叶窗——他常被它们划到手指。家具陈设还是一九二五年的工艺。油漆的墙壁上、镀镍的玻璃家具上，没有留下一点岁月的痕迹。一切都崭新如初，直至最后的瓦解。然而，混乱仍笼罩着这里，并非生活的杂乱，而是废墟的无序。地毯上摊着一个盛有残羹冷炙的托盘。房间里到处都是烟头。看样子有好多天没打扫过了。

加布里埃尔·格拉戴尔走到沙发上躺下，那里也是他入睡的床铺。"你为什么要写信呢？"他自言自语，"这小神父能帮上你什么？再说，我不许你见他。我不许你和他来往。我不许你把他搅和进我们之间的秘密里！"

楼上，一个小孩弹起了音阶。格拉戴尔松了口气，他讨厌寂静。寂静在呼吸。周围的空气是如此沉闷、凝重，即使身边住着人，他也一刻钟都待不下去了……他急匆匆地脱下睡袍，换好衣服。他拉上身后的门，转动锁孔里的钥匙。在埃米尔·左拉街的这间房子里，他仿佛锁住了他生命的敌人，整个生命中的敌人——这是何等的解脱啊！

这个点，路灯都一齐亮了起来。他快步走着，朝气蓬勃，健步如飞，他的步伐就是这样。他买了一份报纸。他感到自己甩掉了跟踪他的人。还有谁能认出他呢？他的名字又没有写在脸上。他穿过塞纳河，沿着电车轨道一路走到奥特伊门。

咖啡馆的露天座位上一个人都没有，在夏天，这里可是座无虚席……可他并不觉得冷。一杯茴香酒……在喝酒之前，人们从不知道自己能否到达想象中的极乐之境……有时，它能让你解脱……可有时，酒精只能平添愁绪，让人更加绝望。这杯酒一定会宽恕他的。格拉戴尔可以无忧无虑地回家，躺上床，闭上眼睛。他可以省下晚饭钱，晚些时候再出门。他可以去"弗洛朗丝"酒吧，坐在那位每晚都去的夫人的桌旁，点一个三明治。她会帮他付钱，和她的香槟一起结账。在这个潮湿的夜晚，他还是微微有些发抖。一股泥土和树叶的芬芳气息穿过街区。他匆匆赶回家里。

"噢，"他自言自语，"我忘了关灯……阿琳！你在这儿做什么？我跟你说过，你不要来这里……"

阿琳倒在沙发上，身子一动也不动。她抽着烟，旁边是一只喝空的波特酒瓶。她给壁炉上的佛像戴上了她的帽子。她把自己脏兮兮的大脸涂得煞白。厚重的白粉上，她水汪汪的眼睛不安地闪烁着。一条紫红的曲线像裂缝一般横在嘴巴的位置。她的裙子已经提到了大腿，劣质丝袜底下露出一双纤细的腿。

"你管不着。我有钥匙，没错吧？我已经等了两个月了……"

她说话有波尔多口音。加布里埃尔坐到她身边去，点了一支烟，语气谄媚而卑微：

"我跟你一样，阿琳，我也一无所有了……我每天只吃一顿饭。"

"你还能管你的孩子要……"

他粗暴地打断她：

"别跟我提孩子。我是不会打安德烈斯的主意的。不会的，再怎么样我也不会。决不！"

"可他自己也同意！……"

"所以我更不能滥用他的好心！"

"可是，他能不能结婚，还得看这桩买卖！德巴答应过你。他可从来没对你食言过……"

加布里埃尔摇了摇头，一个字也没说。

"那就想点别的办法……我也不想看那孩子

吃亏……不过你早晚都会打他的主意，你可贼得很！你很清楚那是迟早的事。可眼下……"

她提高了声调，像是在唱歌，把后几个音节发得很重。他靠在暖气片上看着她，强迫自己看着她。是时候了，做个了结，把这女人给扔出去……就是今晚，有何不可？对她来说，威胁他的代价太大了；叫来警察对她毫无益处。

"我知道你心里在想些什么。"她冷不丁地说道。

他打了个哆嗦。她问他要烟，伸出她那粗短的手。鲜红的指甲让她的手显得更脏了。

"你觉得我不会有所行动，对吗？亲爱的，你错了……有些事你还不知道。"

阿琳招呼他坐过去，她紧贴着他的耳朵说：

"有这么一个人……大概是你害了他，毁了他的生活；正如人们所说，你坏了他的名声。这个人位高权重，视钱财如粪土，他不惜一切代价要你完蛋……"

他支吾地说：

"我不知道你说的是谁……"

可是，一瞬间，他的脑海里浮现出了好多名字。

"不管怎么说，"他的语气又变得坚定，"要想让我完蛋，凭这位先生一己之力是做不到的，我敢保证。你就吹吧……"

"你可太天真了！你当我是谁呢？"

她的笑声从喉咙里蹦了出来，她紧闭嘴巴，掩着牙齿：

"等到他翻开你的文件，我早就不干那些事了。你口中的这位先生，他会早早答应我所有的条件。他会供我去国外，给我找个僻静的小地方生活……你信不信？"

"我才不信，这要是真的，你早就跟我摊牌了……你总不可能是因为我漂亮的眼睛才说不出口吧……"

"我的宝贝，当然不是了！只是我在这里待惯了。我可不想到处奔波。只有巴黎住着才舒服呢……你看，我没吹牛吧！咱俩要是谈拢了，我有我的好处！可你也得配合呀……听话。"

她心平气和地说着，这样的谈判，她向来得心应手。他犹豫地问道：

"你说的这个家伙，是不是侯爵？"

"没什么能瞒过你的。想想吧：他妻子的那些信、你从他那儿勒索来的钱……只是钱的话还好说……可你知道，他的妻子对他来说意味着什么……你抢了他的女人，又费尽心思让她名誉扫地……她女儿的婚事也因此被搅黄了……那姑娘变得神经衰弱……跟疯了也没什么两样，她现在都不出门……"

"是你逼我这么干的……"

他突然又补充说：

"换作谁都会这么做的……别再提这个了。"

"是你要说的……所以该怎么办？"

他的声音有些颤抖：

"我明天去一趟利奥雅特……你快走吧。不过，你知道的，我不相信你的话……德多尔特侯爵怕的就是丑闻……他已经尝过那滋味了……

他宁可拿钱消灾，也不愿意和你这种女人扯上关系……"

她并没有生气：

"你以为他会这么给我面子，还亲自招待我？事情都是悄悄办的，有中间人。他要你完蛋……干净利落、悄无声息地完蛋……"

他把她推向门外，可她不依不饶：

"你现在就去发电报吧，怎么样？我现在就要钱。"

"不行，佣金还得再谈谈。最重要的是，我得确保安德烈斯的婚事还算数……"

她套上一件破旧的獭皮大衣：

"我给你一周的时间。到下周一，这个点……够意思了吧？我可是个好姑娘。"

阿琳离开之后，加布里埃尔将窗户打开，呼吸着潮湿的空气。他猛然转身，仿佛听见有人在房间的角落里叫他的名字。屋子里空空荡荡，残留着一丝阿琳的余温。她那肥胖的身子散发出的气味还弥漫在空气里。他关上窗户大叫：

"没人……"

他游荡的目光扫过墙壁、天花板和地毯。忽然，他急匆匆地抓起帽子和外套……又一次，他漫无目的地出门了，走过已然萧条的河岸。即便疲惫不堪，他仍快步走着，朝气蓬勃，健步如飞。

三

汽笛发出一声长鸣，小火车重新向前开动，停在了利奥雅特车站。从车上下来五六个旅客。已经是晚上十点，加布里埃尔的帽檐盖住了眼睛。他将车票递给列车员。他并没有从候车室里面穿过，那里挤满了买报纸的人。他绕过车站，穿过锯木厂的木板堆，来到映着月光的公路上。

他右手拎着的行李箱一点也不沉。这条路叫"环城大道"，它环绕着熟睡中的小镇。左边，不远处就能看见松树；乳白色的月光从树顶倾泻而下，淌过斑驳的树干，洒落在杂草丛生的灌木林上。右边，雾霭从溪流和草地上腾腾升起，小镇就躲在烟云之中。小镇好像比林子里更加寂静——夜晚的树林里偶有短促的呜咽声，有"松果"从枝头落下，掉到地上。那些疲惫不堪的人在自己的小窝里熟睡，沉沉的呼吸声此起彼伏，模糊难辨。

这条公路从巴里昂河穿过。加布里埃尔听着河水淌过卵石，那持续不断的声音自童年起就萦绕在他耳畔……这个宇宙……这物质世界，无论我们犯下怎样的过错，它从不审判我们，却作用于我们，唤起我们的感伤与悲悯……这个烂漫的夜晚是多么深邃而柔和啊！

加布里埃尔放慢脚步。他走在白色的月光下，斑驳的影子洒在碎石堆里。只要他还走在这里，在这世上，他就不会比那个年轻的神父更卑鄙——他还想跟神父坦白，简直是疯了。在转弯的路口，他看见了神父凄凉、破败的住所。

小时候，他曾在利奥雅特的这条路上狂奔。可这条路不知道他为什么回来……他自己知道吗？他的每一步不都是不可告人的阴谋吗？他这次回来是为了卖掉贝利扎乌和塞尔内斯的田产。可这一趟，虽说是他迫不得已的决定，但大概还有些别的要紧事。五十年前，同样的夜晚，他就出生在世界的这个角落，在一间破旧的小屋里。回到这里，到底是为了做成什么神秘的、不可弥补的事情呢？

他的亲身经历不会骗他：在他的生活中，这些突如其来、未经预谋的出行往往是为了执行某项计划。他感到自己就像一块被紧紧攥住的石头，不知不觉中就被扔了出去……是的，就像孩子手中那颗顺从的石子，等着被扔向无辜的牲口。那天晚上，他第一次感到处于被动是如此令人恐惧。

巴里昂河上雾气腾腾，尽管如此，他仍然俯下身子，倚在栏杆上，望着薄雾下涓涓的流水。河水有一股气味：既不是泥沙的味道，也不是水中苔藓的味道。河水有股难以捕捉的香气，他从小就能闻出这种气味。他的童年是多么不洁啊！他那不洁的童年。可是这个夜晚唤起了他那完好如初的善与爱的力量……突然间，他真想逃离自己命运的航线，做点不一样的事情。然而，在这条凄冷的路上，在这个沉睡的世界中，连一件可以去做的好事都没有。如果有个旅人倒在水沟旁边，他会收留他，为他包扎伤口。甚至，如果有一只冻僵的鸟儿，他会用自己的胸膛为它取暖。但什么也没有。

诚然，他心里仍怀着一种愿望，一种无谓的愿望——人们说，通往地狱的道路就是用这种善意铺成的。宇宙在他的内心流转，夜色如乳汁般温润明净，河水在没有记忆的河滩间兀自流淌——他曾在那里光着脚踩水，和迪比什家的女孩一起捉螯虾……这一块块烟云缭绕的草地，万幸的是它们没有记忆！

一阵寒意向他袭来，他继续向前走。拐弯处，与环城大道相接的正是那条通往城堡的公路。他看见了神父那墙面斑驳的房子：在里头熟睡着的，正是他曾想向其倾吐心事的年轻人……简直荒唐！这个人明明也躺在床上，褪去黑色教袍，同那些折磨着他的教民一样心力交瘁、郁郁寡欢，在同一片苦闷、同一片黑暗之中与他们紧紧相连……这座活人的坟墓啊，它预示着众人最终葬身的、村庄入口的墓穴，无论是刽子手还是他们的受害者，都将会聚于此。

神父的妹妹，她还在那里吗？就算流言漫天，搅得生活鸡犬不宁，她也全然不顾吗？加布里埃尔抬起头：月光洒在紧闭的百叶窗上，洒在大块的、暗绿色的破墙面上。可那是什么？散落在门前台阶上的，那是什么？他好奇地注视着这新砍下的黄杨木枝，月桂树的叶子夹杂在里面若隐若现。这是当地的一种民俗，新婚之日要在婚房门口铺上这些枝叶……忽然间，加布里埃尔明白了这个卑劣的玩笑。是教民们在捉弄他们的神父。明天一早，当年轻的神父出门做弥撒时，他会看到这些枝叶；他会知道，利奥雅特人是如何看待他和他那轻浮的妹妹的！这里的居民起得很早：神父六点半做弥撒，可早早就会有人窥视着他，比如广场上那些躲在百叶窗后面的人、藏在路边白杨树下的野孩子。此刻，刽子手还在熟睡。唯有穹顶之上的月亮，凝视着乡间的本堂神父住宅前这堆月桂与黄杨的枝叶，也凝视着这一刻世上所有的悲哀。

加布里埃尔灵光一现：他把行李箱放在屋后矮墙下的荨麻地上。那堵墙将外面的公路和神父的花园分隔开来。他竖起耳朵，环顾四周。狗不再吠叫。只有那些公鸡上了月亮的当，啼叫声传得越来越远。加布里埃尔一次又一次抱起地上的枝叶，扔到矮墙外边。尽管夜里很潮湿，他还是干得浑身发热。等地上的枝叶所剩无几，他便一片片拾起来，直到捡完最后一片。他气喘吁吁，倚在神父家对面的白杨树下休息了一会儿，又要继续赶路了。台阶已经被清理干净，在月色下显得光秃秃的。那些来叩响过这门环的死者与生者，已经把台阶的中央踩得凹了下去。老旧的阶石已磨损不堪。可是，在这晚的月色下，它甚至比人的脸庞更为生动，迸发出隐秘的生命力。加布里埃尔肮脏的双手让它焕发了生机。忽然间，他觉得那石阶向他投来一种难以言表的目光。那目光转瞬即逝。他重新提起行李箱，朝左边那条通往城堡的路走去。

三

低沉的薄雾将草地覆盖，仿佛一个蒸汽弥漫的湖泊。远处，弗龙特纳克家的松树就耸立在那高高的斜坡上，它们或许还能记起那些从前的事情。牧羊犬吠叫着。加布里埃尔喊道："轻一点，牧羊犬！"小狗已经扑到了跟前，抓着他的胸膛，暖暖的舌头舔舔着他的脖子和下巴。百叶窗帘窸窣作响。

"谁啊？"

"是我，热尔桑特。我，加布里埃尔先生……"

老妇应着"下来了"。加布里埃尔坐在行李箱上。厨房门锁里的钥匙在转动。

"您来啦？"

耳背的老妇犹疑地看着他。她是所有的用人

中，唯一住在城堡里的。两个年轻的女佣是佃农的女儿，还有一个男仆，都住在农舍里，晚餐也在那边吃。

灯光晃得加布里埃尔头晕。他说，和平时一样，火车晚点了一个小时，他没吃晚饭，现在饥肠辘辘。热尔桑特立刻往炭火里扔了些松子和木屑，琢磨着：给他吃点什么好呢？"家里没什么吃的！"她讨厌格拉戴尔，可是她相信为主人做饭是她的天职。

"随便什么都行！"加布里埃尔说道。

老妇拿来一罐开过的鹅肝酱和一些冷鸡肉："都是些鸡架骨……不过还可以吃……"

格拉戴尔慢悠悠地吃着，感到一阵安心和惬意。巴黎、阿琳、地狱般的生活，是那样遥远……再也没人缠着他了。

"大家都还好吗？"

热尔桑特哀叹道："大家都觉得，德巴先生出了点小问题……他患了哮喘……除了他女儿，没有能照料他的人……卡特琳小姐对她父亲可真是尽心尽力……他那怪脾气！

"都是因为哮喘，都怪这病。见到您他会缓和些。大家就等着您回来，好办婚礼呢。"

她一边在桌旁忙着，一边压低了声音，仿佛是自言自语：

"啊，他狡猾得很……"

格拉戴尔放下手中的食物，盯着她说：

"你这话什么意思？你的意思是，他不想让卡特琳跟我儿子结婚了？"

她小声道：

"我刚才这么说了吗？没有啊！我根本没这么说过！"

加布里埃尔问道：

"安德烈斯最近如何？"

"忙着呢。德巴先生把茹阿诺那片松树卖给穆雷尔了，这周安德烈斯刚去点了数……瞧，夫人来了！……"

这个丰腴的女人正是玛蒂尔德。她穿着棕色睡袍，浓密的头发随意地扎着，露出暗沉的大脑门，给人一种老气横秋的感觉。她的脸颊发黄，有点凹陷；睡袍的搭扣松开，露出她洁白的脖颈和胸脯。加布里埃尔站起身来。在这个世界上，唯有他能在这个近乎笨拙的成熟女人身上，看到一个伶俐的年轻女孩，那只他曾经深爱过的婀娜的小燕子。

这就是玛蒂尔德，而对他来说，她始终是迪比什小姐。在她面前，他又成了那个小格拉戴尔，那个为佩卢埃尔家族办事的农民的儿子。小时候，阿迪拉和玛蒂尔德都对他以"你"相称，而他恭敬地称呼她们"小姐"。

"你还饿吗？你要是不太困，咱们最好认真聊聊，今晚就聊。您上楼去吧，热尔桑特。碗盘明早再来收拾。您不用管了，待会儿我来灭炉子。行了！您快走吧。"

她语气坚定又平静，她很习惯吩咐别人。

"你往壁炉这边来点。晚上已经开始冷了。"

此刻的她是如此冷峻。小时候，他们就在利奥雅特的这间大厨房里，看着果酱在铜锅里咕噜冒泡。他们会跑着穿过厨房，到洗碗池底下藏起来。阿迪拉会在花园里找他们，冲他们喊："不许躲在屋子里！"然后他就握着玛蒂尔德的手，一动不动地待着，幸福到失语。

可是，她完全忘了这些事情。她看他的眼神既忧虑又冷漠。但这并没有让他感到厌恶。那一天，阿迪拉向她宣布了他们订婚的消息。加布里埃尔宁愿看到她因那天的回忆而颤抖。他常常身陷过去，无法自拔；对玛蒂尔德来说，回味往事却是那样生疏。阿迪拉临终前告诉了她什么秘密？无论如何，也许她并没有遗忘，可她已经把一切都埋在了心底。似乎一切早已烟消云散。在这个女人看来，唯有当下的人、当下的事才是最重要的。

"你终于回来了……可别在阴沟里翻了船！桑福里安从来没讲过这么多关于订婚的事情。依我看，这一切有点太过容易了：他太兴奋了，我说不上来，这有些蹊跷……"

"他已经病入膏肓了……"

"是啊，当然！虽然我想到的是……我在《小巴黎人》上读到过一个人装病的故事……有时候桑福里安耳背，得大声跟他讲话；可是，他突然又听得见我们的悄悄话。他有一边身子瘫了，几乎走不了路……但有时候他又像只老鼠一样在家里上蹿下跳……总之，他就是个心力过劳的哮喘病人，仅此而已！对了，或许克莱拉克医生……你想知道吗？他抓住了克莱拉克医生的把柄：他帮医生从一次恶劣的医疗事故里脱了身。我在想，也许是他亲自让克莱拉克下的诊断……另一方面，事到如今，我不知道他怎么能阻止安德烈斯的婚事。他对财产十分狂热，在他有生之年，要不惜一切代价把最后两块'领地'占为己有——塞尔内斯和贝利扎乌，他称它们为自己冠冕上的两片最美的花饰。他已经到了发狂的地步……"

加布里埃尔闷声打了个哈欠：

"好吧！那必须下定决心……"

"没错，但得要求在交易当天订下婚约……"

她盯着壁炉里的火苗，不由自主地搓着膝盖。

加布里埃尔昏昏欲睡。他感到手上传来牧羊犬温热的鼻息。时钟无力地摆动着。巴黎、阿琳，此刻都离得好远！壁炉里传来松树林的风声，长长的呜咽，无波无澜，消失在寂静之中。

"听着，加布里埃尔……"

他打了个寒战。玛蒂尔德已经盯了他好一会儿；她美丽的、略显富态的双手放在膝盖上。她结实有力的手臂从睡袍宽大的衣袖下露出来。

"你发誓，他没有承诺付你任何的佣金。那个守财奴，要是他保证事情办妥后给你一大笔钱，我们就上了他的当了……"

加布里埃尔弱弱地发誓说，德巴并没有许诺他任何佣金。

"真的吗？你没骗我？"

他感觉受到了侮辱，想要为自己辩解。可玛蒂尔德耸了耸肩：

"算了吧，老兄，你我之间没必要……"

他喃喃道：

"你看不起我？"

"这么说就夸张了,"她戏谑地说,"巴黎人才这么说话。在我们这儿,爱呀,看得起看不起呀,你那些玩意儿,没人在乎。我们在乎的是田产、家禽、猪……其他东西……呸!"

她突然激怒了他,他也不明白自己为什么生气。他说道:

"你的人生就没别的了吗……"

"那我还有什么?"

"比如安德烈斯……"

她笑了笑,一脸茫然:

"那是不必说了……他是我儿子,比起你和阿迪拉,他和我更亲……你不是把他给我了吗?对,他是我的孩子。"

她又坐了下来,说起了安德烈斯。她脸上绽开幸福的笑容。松林沙沙作响,也没有打破这片宁静。可是,香气扑鼻的老厨房不再让加布里埃尔感到安心;那儿不再是他的港湾……尽管大门紧闭,他感到有人忽然闯了进来 —— 在巴黎跟丢了他的那个人,又紧紧追了过来。"那个人"好像又来了。他在这儿吗？牧羊犬正呼呼大睡，鼻子靠在爪子上。屋梁上挂着火腿。搁板上铺着花纸布，铜制的盆子闪闪发光。厨房不再是过去那座小岛，不再是他的庇护所了：在这里，日复一日的恐惧顿时将他吞噬。他仿佛听见过道里有脚步声响起，一只手推开了门，恍惚间他看见阿琳走了进来，旧獭皮大衣紧紧裹着她笨重的身子。他并不感到意外。一切都已经变了，玛蒂尔德却毫无察觉。她漫不经心地摆弄着婚戒，手臂径直露到了胳膊肘。

"亲爱的，你能肯定，你所做的都是为了安德烈斯好吗？"

她一脸诧异地看着他：

"当然！你为什么要问这个？"

"因为你并不在乎安德烈斯和卡特琳在一起幸不幸福。无意冒犯……可说到底，你女儿她……"

"噢！"她笑了，"你完全没冒犯到我。老实说，卡特琳长得很丑。她不傻，但她孤僻内向，死气沉沉……可那又如何呢？她就是他需要的女人……这桩婚事一直都是板上钉钉的事情。安德烈斯爱土地胜过一切。除了他的足球队，田产就是他的命。在我们这儿，男人从来不要求妻子才貌过人，只需要她们带孩子、讲卫生……不过，卡特琳在这方面确实有待学习。她不喜欢牲畜，也不收拾鸡窝……但她以后会的。何况还有我呢。"

"是啊，还有你。"

"没错！就是还有我！你就说怎么着吧，"她冷冷地说道，"你怕我坏了这对小年轻的好事？你以为他们那么形影不离吗？你放心吧。他俩打小就认识，也没什么浪漫可言。我们这儿没人你侬我侬，没那回事。不会有什么改变的……"

"除了他们会睡在一间屋子里。"

"那是当然。"

"睡一张床。"

"没错！睡一张床！"她烦躁地重复道，"啊，真搞不懂你们这些人！"

她讲这几句话的语气像是在打趣，可加布里

埃尔分明感受到了她的痛苦。她就像一只被他紧紧攥住的林鸽。

"我的小玛蒂尔德，你不会觉得自己是个单纯的女人吧？"

她突然站了起来：

"都是胡扯……你还记得吗，小时候，我妈妈说你是'空话大王'。你先走吧，我来关灯。"

厨房霎时暗了下来，只剩下壁炉里微弱的火苗，火光的影子在铜锅上闪烁又熄灭。牧羊犬的尾巴拍打石板的声音清晰可闻。前厅里弥漫着红棉布和硝石的气味，衣帽架上挂着披肩和遮阳帽。格拉戴尔猛地转过身来。

"那卡特琳呢？"他问。

"什么意思？"

玛蒂尔德没好气地问道，好像要急着回去睡觉似的。

"她觉得幸福吗？"

"她有什么不幸福的！这有什么好说的！"

"你问过她吗？"

"我根本不用问！她自始至终都盼着这桩婚事……嫁给安德烈斯会不幸福吗？你真可笑！"

"她跟安德烈斯怎么样？好吧，我的意思是……她心里怎么想？"

"他俩一直都在一起。你怎么糊涂了，傻小子！"

他们踮着脚走上楼。她接着说：

"轻点，桑福里安睡得很浅。安德烈斯呢，就算房子塌了，他也照样能睡。"

"安德烈斯还是睡在那个绿色的房间里吗？我不想吵醒他，只是去亲亲他。你也进去吗？"

他的门半开着。

"先等一下，"她小声说道，"我去把床头灯打开。"

船形的床边围着一张帘子，上面绘着红绿色图案。起先，格拉戴尔只看到一床蓬松的鸭绒被。房间里密不透风，格拉戴尔的呼吸变得困难。"真是乡巴佬！"他心想，"这些人晚上睡觉从来不开窗户……"

"他盖得太厚了，"玛蒂尔德低声说，"从小养成的坏习惯……他肯定出了一身汗。"她一边说着，一边把被子往下扯。

加布里埃尔看着熟睡中的儿子。他脸上红扑扑的，满脸黑色的络腮胡，显得双颊更为红润。他没有穿睡衣，穿的是一件老式的花边衬衫。他汗涔涔的额头上微微闪着光。"和他母亲一个样，"加布里埃尔心想，"可是他很英俊……"安德烈斯动了动，手胡乱摸索着被子。

"夏天就是另一回事了，"玛蒂尔德说（她带着一种母亲的得意，在她们看来，孩子的一切都事关重大），"他一点东西都盖不了。很多时候，我不得不起床给他盖被子，毕竟，就算是八月，太阳出来之前也是很凉的 —— 河边就是这么凉……"

"你很快就不用再担心这些了……"

格拉戴尔走出了房间。月光洒在楼梯上，照得栏杆发亮，但并没有穿透整条走廊，就像隧道口那样。

"多美的夜晚啊！"玛蒂尔德叹了口气，"都用不着开灯……你刚刚说什么？"

"我说，很快，你就不用再在黎明的时候来给安德烈斯盖被子了……他再也不是一个人了。"

他等着听玛蒂尔德的回答，可她的语气没有一点改变：

"没错，他刚结婚的几天，我可得当心，不要进他的屋子里去……得养成这个习惯。"

"总该做点牺牲了。"格拉戴尔说。

"噢！"她笑了，"这算不上什么牺牲。而且，我发觉自己太把他当个小孩了。不该再这样了。"

"他肯定也这么觉得。我担心你这样会不会让他有点恼火……"

"那肯定不会！"她矢口否认。"虽然已经二十二岁了，可他还是个孩子。服了兵役也没什么变化。我看他特别单纯。"她有点急促地补充说。

"你怎么知道？"

"他倒也没有跟我推心置腹……可他的所作

所为有些天真……很奇怪吧，他竟然有你这样的父亲，嗯？"

格拉戴尔用他那双蓝色的眼睛盯着她：

"或许你才是天真的那个……二十二岁的男孩！他才不会和你推心置腹呢……"

她打断他说：

"我能这么说，自然是因为我都知道。你可别装出一副比我知道得更多的样子！再说了，在利奥雅特，一切都在光天化日之下：要是出了什么幺蛾子，不出一天我就会知道……但我可以向你保证，他是不会胡思乱想的。像你这样的人就是不相信，这世上还有不是混账东西的男人！"

"别动这么大的气，玛蒂尔德！我一点都没想惹你生气。"

"你没惹我生气……你干吗要惹我呢？"她愤愤地说，"行了，睡觉吧。总比在这儿胡扯强。你早上还是要喝茶？"

"不用了，在这里我不喝。这边的水有股土味，沙子味……我跟你们一样，就喝牛奶咖啡吧。"

漆黑的走廊尽头传来一个尖细的声音，把他们吓了一跳：

"你们声音太大了，把爸爸吵醒了。"

"卡特琳，是你吗？你在那儿很久了？"玛蒂尔德忐忑地问道。

卡特琳避而不答：

"爸爸听到你们在讲话……需要我把灯打开吗？"

光照得两人止不住地眨眼睛。格拉戴尔看着面前的姑娘，她骨瘦如柴，瑟瑟发抖，紧紧裹着一件睡袍。棕色的羊毛袍子，和她妈妈的一样。她目光阴郁，但像兽一般机敏，脸颊棱角分明。她的头发浓密又灰暗，编成两条辫子往后搭着，露出低矮的额头，就像一只当地特产品种的朗德黑鸡。她母亲不安地看着她：

"你听我们说话解闷呢，是不是？这倒也没什么。"

卡特琳耸了耸肩膀。她盯着自己拖鞋尖上的豁口，大脚趾赫然露在外面；她的手则玩弄着自己辫子上那根褪色的发带。突然，她对加布里埃尔说：

"明天早上，爸爸想见见您……您一起床就见……您回来他很高兴。"

"那你呢，我亲爱的卡特琳，你也很高兴，是吗？"

"噢！我……"

她做了个手势，表示没有人会在乎她的感受。她瘦小的身影消失在走廊里。玛蒂尔德和加布里埃尔等着她关上房门。她的房间和她父亲的相连。

"你觉得她听没听见我们的对话？"加布里埃尔问道。

"很有可能。她总是鬼鬼祟祟的……她父亲把她驯得像只牧羊犬……"她愤愤地说。

"她可真是安德烈斯的好姑娘呢，是吧，玛蒂尔德？"

"确切地说，是和他般配的姑娘！"

"没错，"他温和地说，"她肯定会很爱他，会爱得发狂。"

玛蒂尔德冷冰冰地扔下一句"晚安"，便回了房间。格拉戴尔听见她拉上了门闩。他一路笑着进了房间，是阿迪拉原来住的。

壁炉上还摆着逝者的相片；相框靠在一个花瓶上，玛蒂尔德还会往里换新的玫瑰。加布里埃尔不再笑了。他坐在床上，打量着墙壁：那儿挂着一幅迪比什祖父画的糟糕的彩粉肖像画，以及两幅水彩画，画的分别是圣贝特朗－德科曼日和奥湖的风景，还有来自同一座小教堂的雕像：圣心、圣母、圣约瑟，以及一尊基督大铜像——上面挂着一串教宗庇护九世恩赐的橄榄核念珠，阿迪拉生前对这念珠甚是珍爱。加布里埃尔再次平静下来。在阿迪拉的房间里，他感到一种从未在此感受过的温暖，一种无形的存在。在巴黎，他对这种存在是那样恐惧，此前他从未听到过一个隐形人呼吸的声音。突然间，他起身打开嘎吱作响的衣柜，在最底下的架子上拿出那件红色法兰绒旧披肩。他并没有把它举到嘴边，而是将他的鼻子凑了过去：他总是跟狗一样，什么都要闻一闻。接着，他重新坐回床上，把阿迪拉的红披肩放到腿上，紧紧地抓着它不放。月亮在下坠，雾气笼罩着乡村。在利奥雅特，还有哪一个生灵，同加布里埃尔·格拉戴尔一样，夜不能寐？

四

在斑驳、破败的神父住宅里，还有一个人守着夜——尽管他双目紧闭。折叠铁床旁边，月光透过百叶窗洒进来，映照着空荡却杂乱的大屋子。桌上散落的白纸闪闪发光。地板上，那两只静静趴着的动物是什么？原来是一双覆满泥块的粗制皮鞋。椅子上挂着一件法兰绒衬衫和一件教袍。月光下，水汽在墙上描出陆地和岛屿的样子。富尔卡神父听见头顶有老鼠在窸窣地跑动，发出啃食的声音，还有尖细的叽叽声。可他脑子里想的并不是老鼠，而是那堆枝叶……为什么不把它清理掉呢？这会儿还有时间。

昨天晚上，他刚念完祷告经，忽然听到窗户底下传来一阵闷笑。他悄悄地走过去……他看见了，他懂了……他火冒三丈，毕竟他是个二十六岁的青年。要么是穆雷尔那个大块头，要么是修车匠的儿子帕尔迪厄，肯定是他们干的……是不是女孩们唆使的？有两三个女孩对他心怀不满，她们围着这个独身的小伙子转悠，却白费了工夫。

他大步流星地跑下楼，手已经搭在了门闩上，却又镇定下来；他重新回到房间，跪倒在地上，就好像清扫掉那些枝叶成了一种邪念！他要做的，不应该是阻止这桩丑事在天亮之前曝光吗……"我啊，我哪里怕过出丑呢，我曾被扒光衣服、绑在柱子上，赤裸裸地钉在那儿……你不需要理解我，只需要和我一样……"阿兰·富尔卡思忖着，"我在自说自话……"刚才的声音立刻消失了。

他猛然脱掉衣服，将长袍远远扔了出去，接着又虔敬地捡了起来，把它贴到唇边；忽然之间，他又成了一个年轻人，和其他的年轻人别无二致。他上身长，下身短，看起来显矮。他的眉头微微皱起，鼻梁上布满雀斑，额头低窄，活像头小水牛，粗犷又生硬，与柔美毫不沾边。

　　他躺了下来，背靠着墙壁，双手缠着一大串念珠。要是不能立刻睡着就算了！他下床去清理那堆枝叶。为什么总要忍辱负重？当初他就应该拒绝教长先生，不让他的妹妹托塔离开。他们有什么权力，不让他把那被抛弃的、可怜的妹妹留在身边？她已经回了巴黎，身无分文。她面对的该是怎样的生活啊！"她完蛋了，我的上帝，听见了吗？完蛋了！"他低声哀叹。他想起教长："没错，他是个圣徒，可他的心肠多硬啊，这个铁石心肠的人……"他嗫嚅着，频频唤着一个女人的小名：马利亚，马利亚，万福马利亚……

　　他再次变成了小孩子，将脸埋进母亲的臂弯，他闭上双眼，母亲将他抱在怀中……其他的一切都无关紧要，他只要克制自己，抵抗那堕落的欲望——不要去开门，就让那堆树叶留在那里。要臣服于这个欲望再容易不过了，没有人能抵抗得住——没有人，除了他。而他，他知道自己的使命：永远不要回避，永远不要拒绝。

他已经败给了其余的一切：年轻人不待见他，老人也不待见他；不是单单冷落他或者无视他，而是一些人心中尖刻又恶毒的仇恨。十多年来，在教区接连任职的两位神父都不近人情，从那时起，这种蔑视就已经生了根。人们欺负他少不更事，他所有的过错都被拿来小题大做，他待人接物的善心都被当作笑柄，都被说成别有用心。他的妹妹来后，人们对他的迫害变本加厉。"你的人生处处是失败，忍气吞声是你唯一的能耐……忍着吧。"

原本利奥雅特还有几个小孩与他亲近，可他们也在初领圣体的当晚被带走了。一个不剩。哪有孩子敢在别人面前跟他说话？"不要抱怨了，有那么多神父连一个帮他们做弥撒的小孩都找不到，你至少还有小拉叙斯。"那个小家伙，父亲不详，母亲定居在巴扎斯，他被姑妈收留。晚些时候，就是他来敲响三钟[1]；神父进教堂的时候，会先

---

[1] 教堂每日上午 6 时、午时、下午 6 时鸣钟，提醒信众诵念三钟经（angélus）。——编者注

看到门廊底下的一双木鞋，然后，就在祭坛的旁边，有一颗剃了光头的小脑袋，两边一对突出的小耳朵。

在去教堂的路上，他必须踩过那堆令人羞耻的枝叶，在众目睽睽之下穿过广场。那群恶魔般的公山羊……他才二十六岁，身边没有任何人能求助；整日整夜，孤苦伶仃。他每两周都要听人忏悔……这期间，他不能犯任何错误……哪怕每天要做的只是弥撒……无人问津的弥撒，冷冷清清的弥撒。"不能说是无人问津：还有个应你话的孩子，有时还有拉叙斯老夫人。"

这个时候，托塔在做什么呢？她睡了吗？她还在巴黎无所事事吗？……那堆树叶……他会比平时起得早些，那样广场上就不会有人看见他出丑了。弥撒过后，当他做感恩祷告时，小拉叙斯会去他的门前清扫。阿兰平缓地呼吸着。他终于有了些睡意。从来没人见过他睡觉的样子。他跟其他年轻人并无二致，可他的面庞已有些衰老，嘴唇鲜红——可怜的孩子；他双手交叉，虔诚地按在胸前，上面凝滞着夜晚所有的光芒。

三钟敲响了。他原本打算在黎明之前起床的！现在已经是清晨了。人们会看见他的，他们等着看他出门呢。他跑到窗前，推开百叶窗。仁慈的上帝：公鸡鸣叫着，大地被浓雾笼罩。一辆马车颠簸着在不远处驶过，然而他看不见。浓雾如上帝之翼一般庇护着他。*Scapulis suis obumbrabit tibi; et sub pennis ejus sperabis...*[1] 他做完弥撒后才会刮胡子（虽然他并不是那种没有沐浴净身就敢跑上祭坛的神父）。不过他得赶快，赶在阳光驱散雾气之前，赶在上帝收起他的翅膀之前。

可他打开门时，雾气已经散了。他一下子看到，那陈旧的台阶上竟然空无一物，只有湿润的晨露。他出神地看着那些露珠，几乎不敢用鞋去踩。周围没有一片叶子，更没有黄杨枝……还是有的！在台阶和围墙间有那么一小根，仿佛在向

---

1 拉丁文，见《诗篇》第91章第4节："他必用自己的翎毛遮蔽你；你要投靠在他的翅膀底下。"

神父证明他不是在做梦……他把那树枝捡了起来，在指间捻断。当然了！是小拉叙斯做的。阿兰·富尔卡来到教堂，一路上都没有见到人。他在正殿的入口做了简短的祷告。一听到神父的脚步声，小拉叙斯便站起身来，提前走进圣器室。在弥撒前，神父一般不会跟他说话。可这天早晨，神父将手放在那颗光秃秃的脑袋上，对着面黄肌瘦的孩子说：

"你今天早晨没来得及洗漱吗，雅科？"

他红着脸说自己害怕迟到。

"我知道你迟到的原因。"

他回答说，是他姑妈的闹钟坏了。

"不过，主要还是因为你忙活了一阵，在神父住宅门口，是吧？"

忙活什么？他不知道神父想对自己说什么。他并没有经过神父的家门。他抄了近道，从杜昂斯家的花园穿了过去，他要迟到时总这么干。

原来不是这孩子做的！那么利奥雅特还有另一个心怀悲悯的魂灵。一个同情他的教民。"天晓得这个人会不会主动显身？"他想。不管怎样，今天早上的弥撒要献给这个人。他这么想着，走到上帝的祭坛跟前。尽管上帝让他历尽苦难，可他依然鼓舞着这颗年轻的心。

他不紧不慢地往回走着，迎合着小拉叙斯的步子，孩子的木鞋在他身边啪嗒作响。孩子没完没了地讲着话，神父必须弯下腰来才能听清楚。然而神父只顾沉浸在他安宁平静的内心世界中。新的一天又来了，得找点事干。他打算去探望病人。人们会对他冷眼相待，他料想得到。然而他觉得自己充满了力量，经受得住他们的蔑视。只有未知的伤害才让他害怕。不过，经验告诉他，弥撒之后的这种喜悦是一个预兆——已经有人在某个地方设下了圈套。他只能承认：探望病人的决定并非为了牺牲，而是防备这种未知的伤害。

他内心的平静已经在消退了，生活的现实朝他涌来。他警觉起来，对即将到来的东西严阵以待——尽管他并不知道会从何处来。那堆枝叶一定不是无缘无故出现的……这个羞辱肯定关系着一件他尚未得知的事情。他急切地穿过广场。小学老师站在市政厅的台阶上，正和市长助理迪帕尔聊天。神父打了声招呼。只有小学老师把手举到贝雷帽边上对他致意。迪帕尔笑着朝老师耳语了几句。神父看着自己的住所，感到自己就像只狐狸，在自己的窝边被团团围住，走投无路。就在此时，他听到小拉叙斯提起了勒沃夫人，他的妹妹。她的出现让他承受了多少痛苦啊。

"她住在旅店里，在吕格迪诺斯，这很有可能。赶集那天，至少有三个人看见过她……可还有些人说，您去探望了她，有人看见您穿着便服……"

"这又算个什么事？"神父叹了口气，从口袋里掏出钥匙，"我妹妹在巴黎。"

说到这里，他想到妹妹离开后，一封信都没给他写过，他完全无法证明妹妹真的回了巴黎。是啊，但她一个人会在吕格迪诺斯干些什么呢？

"门底下塞了封信。"小拉叙斯说。

孩子伸出小手，递给神父一个黄色的信封。阿兰很清楚那是封什么信，他本可以直接把它撕碎的。然而他还是把信塞进了口袋里。小拉叙斯在冲咖啡。他等到独处的时候才打开信封："星期五晚上七点，所有吕格迪诺斯的人都看到你了，你这个伪君子，下流货。蒂阿尔公司的旅行推销员就住你们隔壁。他可能没看见，可他都听见了呢……"年轻的神父断断续续地读着，这乌七八糟的东西压得他喘不过气来。他不时停下来缓口气，再接着读下去。

五

　　这天晚上，玛蒂尔德辗转难眠。平日里让她失眠的总是那些烦心事：安德烈斯的婚事、塞尔内斯和贝利扎乌的买卖，扰得她心绪不宁，一夜难眠；她还有些别的担忧。深夜里的忧郁从不纯粹：它们层层叠叠，交织在一起，如同一支动机复杂的交响乐曲。卡特琳有没有听到母亲和加布里埃尔的谈话？这个女孩是什么时候跑到走廊里偷听的？玛蒂尔德试图回想她是怎么说自己女儿的："我嚷嚷着（我几乎在嚷嚷）她是个丑姑娘，孤僻内向、死气沉沉……那时候她就已经在那儿了吗？听到这些了吗？如果她听到就不好了。"

　　可这还不是最糟的：面对加布里埃尔那些拐弯抹角的话，玛蒂尔德没有表露心中的不快。她没跟他说实话：的确，安德烈斯已不再是她口中那个单纯的孩子了。也许很长时间以来，他都很单纯；如今在她面前，他依然装出一副天真的模样。然而她很清楚他在做什么。只要他们在一起，安德烈斯就会开始演戏。他仍然叫她"玛蒂姨"——小时候他不会念"玛蒂尔德阿姨"，就一直这样叫了下来。他称呼她的口吻、他的言谈举止，都像个被宠坏的孩子，倒也很适合念这个充满稚气的称呼。她依旧是他的"玛蒂姨"……可是在他的生活中，有多少事情是玛蒂姨不知道的呢！

当然了，在这个小镇里，没什么事情是大家不知道的……尽管如此，安德烈斯每周会开着"柠檬"[1] 外出几次，要么是去监督伐木，要么是去谈生意。他每次都会去整整四十八小时。平日里一毛不拔的桑福里安·德巴也会大方地掏钱，给他付油费。他好像很乐意见到安德烈斯常常在外奔

---

1 即雪铁龙汽车，法语中"柠檬"（citron）一词与"雪铁龙"（Citroën）拼读接近。

波。"他在外面找到了什么乐趣呢？"玛蒂尔德寻思着。

除此之外，安德烈斯没有表现出任何不务正业的迹象。平日里，他看管田产，拜访他友爱的佃农朋友们（也是他仅有的几个朋友……）。有时，他也会和部队的战友们喝上一两杯……"没错，可他怎么会在短短六个月的时间里，一下子变成现在这样？要知道，从前他一点也不注意仪容，有时候还脏兮兮的。我还特地为这个数落过他。"他的卧室密不透风，让加布里埃尔都透不过气来。玛蒂尔德不止一次在那儿闻到爽肤水的气味，还有发膏的怪味。他最欣赏的，就是他父亲身上的那股优雅，无论这优雅是好是坏，他都照单全收。安德烈斯，这个身强力壮的小伙子，却为这个年老力衰的浪子着迷……毕竟是他的儿子，她想道，也是阿迪拉的儿子："他们俩的孩子，怎么可能单纯呢？"她哪有理由把他当成老实听话的孩子呢？受他父亲的影响，他一直对女人有种成见，也因此对利奥雅特的姑娘都十分冷漠。谁也入不了他的眼。很长一段时间，他对那些女孩的漠视让玛蒂尔德很高兴。"他很快就会喜欢上她们的……"她想。不，安德烈斯永远不会。"可是，他总有一天会……"会什么呢？她也说不上来；但她能预感到他的一切。而就在那一刻，她感觉到了，安德烈斯正处于秘而不宣又沾沾自喜的热恋之中。"可这并不妨碍他和卡特琳的婚约，在他看来这桩婚事已经是板上钉钉的了。"

就在刚才，加布里埃尔问起卡特琳跟安德烈斯的关系，而玛蒂尔德不知该如何回答。这是因为她给自己定下了原则：永远别去想这件事……安德烈斯在卡特琳面前是什么样子的？他把她当成自己的妹妹，对她并没有什么特殊的情感……准确地说，他仿佛对她视而不见，只把她当成家里的一部分、一件家具；娶她相当于娶了她的财产。安德烈斯就是在这样的期望下长大的，娶卡特琳为妻的想法从未动摇过。不管在他的生命中发生什么，这桩婚事都不会改变。

玛蒂尔德听到两点的钟声响了。该睡觉了，

她不希望再想下去了。她深深地感到，自己仍然停留在问题的表面；可不安的念头已被驱散，她禁止自己再反复就女儿的事情追问自己的良心。然而，加布里埃尔那些狡诈的问题并没有让她感到意外，只是她从来都不愿面对。她每个月都去忏悔（现在没那么频繁了——富尔卡神父的流言传得沸沸扬扬，从那以后，她不得不去教长先生那儿忏悔）。忏悔时不会讲的事情就不是坏事。为什么要自讨苦吃呢？安德烈斯就是卡特琳的真命天子，无论如何，安德烈斯娶她也绝不只是为了钱……的确，这是近亲结婚……可玛蒂尔德怎么也想象不出安德烈斯当爸爸的样子。也许他们不会有孩子……

玛蒂尔德不到八点就醒了，她匆匆洗漱了一下。她辨认出台阶上传来的安德烈斯的脚步声，打开窗户：

"等一下，"她冲他喊道，"我过来找你。"

空气里一丝风也没有。十一月的阳光仍然暖

洋洋的。露珠和水洼在太阳下闪着光。安德烈斯
认定，这天气好不了多久。他紧紧盯着桑福里安
卧室的窗户：这老头已经和格拉戴尔在房间里待
了一个多小时了。

"他们竟然一直聊到现在，我真是惊讶，"玛
蒂尔德不安地说，"他们聊了这么久，肯定不是在
谈田产的价格。之前就谈好了……你父亲肯定是
在谈佣金的事……"

"不是的，玛蒂姨，你对爸爸有成见。再说了，
这也不重要。放心吧：我的婚事已经定了。"

"你确定？"

她挽着他的胳膊，拉着他走到草场边的林荫
道上。她满面春风。

"我们所有的财产、德巴所有的财产，都在你
手上……你父亲可是那种人啊，这个结局太让我
意外了！"

"你别说爸爸的坏话。"

他们在小径上停了下来，她看着他：安德烈
斯穿着他从"美丽花园"百货商店买的运动服，

戴着护腿套。他一头浓密的深褐色短发，一张开
朗的笑脸，可他一听见别人开口说话就会拉下脸
来——他生性多疑，总觉得别人在嘲笑自己。玛
蒂尔德发现他刚刮了胡子，还压平了他的鬈发。
她笑了起来：

"捯饬得这么体面，是想要和你父亲比一
比吗？"

"噢！在他身边，我总像个乡巴佬。"

玛蒂尔德反驳说："他才是乡巴佬！"

"我一点不像他！"

"小笨蛋！你们两个之中，你才是真正有风度
的那个。"

"可怜的玛蒂姨！"

"你的举止、打扮，都是与你的身份地位相配
的。可他呢，看起来光鲜亮丽，其实都是装腔作
势……老实说，他给人的印象不好……"

"行了，说点别的吧。"

他把她甩在后面，踢着松果往回走。他在赌
气。"是我错了，"玛蒂尔德想，"那毕竟是他父

亲……可安德烈斯对他一无所知。而我……再说了，就算他对加布里埃尔抱有幻想，跟我又有什么关系？"她接着说道：

"我对你父亲完全没有恶意。我想说的是，你和他一点也不像。"

他转过身来，一脸凶相：

"我和他像着呢，比你以为的还要像！"

"不会的，"她笑着说，"这一点，我还是很放心的。"

他嘟囔着：

"你被我的愚蠢、我的无知给骗了；我从没出门见过世面；所以你觉得，我生下来就是为了管别人砍松木、跟佃农算账……只配跟卡特琳结婚……"

玛蒂尔德吓了一跳，她停下了脚步。

"你不会要搞什么幺蛾子吧？眼看着我们就要大功告成了……"

他把手揣进口袋，耸了耸肩：

"不会的，"他咕哝着，"你放心吧，这事已经拖这么久了，也该了结了。"

她欣慰地舒了口气，又挽住他的手：

"亲爱的，你听我说……我知道你和卡特琳是老相识了……可你还是得再对她好点。你做得还不够。她毕竟是你的未婚妻……"

"够了！你到底要怎样！为什么要我们演戏呢？我们之间明明就没有感情！婚姻不会对我们的生活有任何影响。只是还有些生意上的事情要处理，这个之前就和桑福里安姨父说好了。结婚只是走个过场……"

安德烈斯玩世不恭的态度让玛蒂尔德有些不快。他以前从来不会这样。这不是他说得出来的话，而是来自他父亲的影响。

"亲爱的，"她坚持道，"可你至少也得考虑一下卡特琳的感受吧。那可怜的孩子，她也有心哪。我想，你肯定会成为温柔体贴的丈夫。当然，这和激情没关系。但你也别忘了你欠她的。婚姻可是件神圣的……"

"啊！别说了，算我求你！卡特琳不过是想找个田产管家，她看中我的只是这点。我会继续尽职的。不过……"

玛蒂尔德茫然地看着安德烈斯。

"……不过我不会忘记，那个老家伙剥削了我这么多年，我为他做牛做马，却一无所得，几乎一无所得……他总该补偿我些什么，对吧，玛蒂姨？"

没错！他多像他的父亲啊！他一下子就成了他的父亲！玛蒂尔德再次看到了小格拉戴尔那副天真的神情。过去，当他想要掩饰他执着又残酷的欲望时，就是这副神情……这样的神迹她再熟悉不过了：从这个一身黑毛的胖小伙子身体里，瞬间跳出一个瘦弱的金发小男孩。是啊，这再也不是她的安德烈斯了……

她意识到安德烈斯并不是随便说说而已，那一刻，他说出口的每句话都不是没有预谋的，都是格拉戴尔的谆谆教诲。

"你明白的，等生意上的事情处理好了，我就没必要总待在这儿当监工，让老头担心了。我打算偶尔去巴黎看望我父亲。他在那儿孤苦伶仃，也会遭人剥削的。去保护他是我的责任……"

"可是，安德烈斯，桑福里安姨父离不开他的女儿……他不能没有卡特琳……"

"我是不会和他抢的。"安德烈斯笑着说。

"亲爱的，你不会打算长期待在巴黎吧？你不喜欢巴黎呀！你离了利奥雅特就活不了。"

"这只是你的选择。我喜欢什么，讨厌什么，从来都是你的选择。再说了，我也不会离开利奥雅特。去也好，回也好，到时候再看情况……"

"什么样的情况？取决于谁呢？"

他没有作声。他微笑着，露出了和阿迪拉一样健康完好，但歪歪扭扭的牙齿。玛蒂尔德从小就那么疼爱他，以至于此时，她难以形容他脸上流露出的是怎样得意扬扬的贪婪。她低声问：

"那么我呢，安德烈斯？我以后会怎样？"

他揶揄道：

"玛蒂姨，我觉得事到如今，你从我这儿得到的已经不少了……而且，我很快就会让你抱上外孙，甚至是两个……你知道的，我也不会跟你抢他们。总之，"他一脸狡黠，"你还有你的女儿……"

这话也不是他说出口的。是格拉戴尔借着这张天真的嘴在说话。

太阳已经升得老高，日光像九月末一般温和。奶牛逐一走进草场，佃农的孩子就跟在后面，合上了闪着露珠的围栏。玛蒂尔德定定地看着牛群。此刻，她不愿再感受她的心情，也不愿正视她眼前的现实；她集中一切意志，要让自己觉得，两人的这次谈话与以往的交流并无二致。安德烈斯会变得富有；他终将成为父亲的傀儡，加布里埃尔也许会引他走向堕落……也许他会远走高飞，四处游历。有什么会比这更容易吗？

可突然间，她不由自主地发出一声尖叫，仿佛一瞬间滋出的血让她措手不及：

"你并不爱我，你从来就没爱过我。"

安德烈斯一脸惊愕地盯着她。就连玛蒂尔德自己也为之一震。她想让自己的语气听起来冷静一些，可她的声音仍然颤抖着：

"我把你当作我的亲生儿子，亲爱的，你还要我怎么做呢？"

"还要怎么做，玛蒂姨，你难道不知道吗？你本该把我的前途放在第一位；你本该放我离开这个家，不再过乡巴佬的生活；你本该把我送去波尔多的寄宿中学念书……就是这样！你待在老头子身边，无所事事。你女儿卡特琳……还是别提她了！我就是你的消遣、你的乐子。后来，你又答应你丈夫，把我当个免费工人使。只要我一直待在利奥雅特，你就心满意足。好吧，我还有我的足球。你们给了我一块球场。我可是镇上的足球高手……当然了，要是没有你……可如果想让我觉得你始终把我当成亲生儿子……别想了，不可能！"

是真的。他说得没错，这个事实让她一阵眩晕。可让他看清真相的是谁？毕竟，她还是了解这个孩子的……就算他隐隐感到自己做出了牺牲，也总得有人向他点明这件事。难道他的这些话术……也许是他父亲教给他的？她突然明白了：
"有个女人让他发现了自己所有的缺陷……"可她
仍试图为自己辩解：

"我的孩子，你这么说不公平。我使出浑身解
数想让你学习，可你不爱读书。你告诉我，你以
后要做的事情根本用不上这么多知识……你只爱
踢球、打猎、骑马。"

"小孩子都会这么说，可做父母的是不会当真
的。我会喜欢上学习的。我并不比别人笨……我
确实组建了一支足球队，但这不能代表……最后，
你让我相信自己是愚蠢的。我的确不算出类拔萃，
可毕竟……"

"毕竟，我还是能讨人喜欢……"他以为玛蒂
尔德并没有听到他的自言自语。可是她猜到了。
她微微转过了头；他知道她在流泪。他想要抱住
她，毕竟他是很喜欢她的；可她轻轻挣脱了。

"不用管我……去看看你父亲和桑福里安姨
父是不是还在屋子里。他们出来的时候，你叫我
一声。"

　　她看着他走远，仔细环顾了一下四周。打她童年起，这里几乎就没什么变化：有些松树枯死了，树林因此变得更加稀疏。矮灌木长起来了。可是那雾霭的味道、那深秋的清晨里絮絮的白噪声，又从她的回忆深处浮现。她感到时间静止了。玛蒂尔德感到自己仍是那个小女孩，在树林间气喘吁吁地奔跑，而加布里埃尔在身后追赶着她。她跑起来，感受到肩上的风，脖子上用弹力绳挂着的太阳帽随风飞舞……加布里埃尔……她曾下定决心，不再回想这些过去的事情。不想，不提，活在当下，去关心那些真实可触的事……正是小安德烈斯让她做到了这一点。他说得对：她利用了他，受他滋养。他是她的宠物，她旧爱的孩子；如果只有桑福里安·德巴和卡特琳，她在利奥雅特一刻也过不下去。她压根没想过要让他去上中学。是啊，她没让他去接受教育，也没想过让他接受教育。她尽其所能，只想让他对土地保有热情；她相信，土地会牢牢牵绊住他，让他永远无法离开利奥雅特……

台阶上，安德烈斯的脚步声清晰可闻。她注视着周围的树木，仿佛它们都已经枯死。树篱、栅栏、草场，一切都如同幻影，回忆的虚境。"随他去吧"，在某些时刻，在某些人心中，如此简单的字眼，有着如何深重的意义啊！张开双手，就此割舍，随他去吧。

她纹丝不动。二十年来，她一直身处绝望却毫不自知——这个念头击中了她。绝望的尽头竟然是麻木。她倚在一棵橡树上，呆呆地注视着颠簸而去的马车。她就这么待着，很久很久。

六

安德烈斯站在台阶上，手里挥舞着一张纸，正在叫她。她明白事情都已经谈妥了，而这背后的代价只能是卡特琳做出牺牲。她要再一次与隐隐作痛的良心斗争……可无论如何，小卡特琳并非无依无靠：她父亲将自己对一个人所能怀有的全部爱意都给了她（这一点也不夸张）。他一定会确保女儿不受委屈。

残余的一点点好奇心使玛蒂尔德加快了脚步。安德烈斯向她跑来：

"都说定了，"他冲着她喊道，"我签了出售承诺书，是份私署协议。现在可以筹备婚礼了。这是合同草案，我觉得挺合理的。我们就等你点头了。"

他呼吸急促，满脸通红，兴奋而又喜悦。玛蒂尔德浏览着这份草案：卡特琳每个月会拿到两千法郎；安德烈斯会拿到一定比例的树脂及出售木材的收入。此外，合同还约定，这对年轻夫妇不用支付任何费用，包括生活费。安德烈斯则要交出他现有的财产：房子和花园的一半（自阿迪拉死后，这一直都是共有财产）。

"姨父很想喝点香槟庆祝我们订婚。可他患着哮喘……"

门还没开，他们便已经听见了短促的呼吸声，闻到了桉树的气味。这是城堡里最小的一间房，总是弥漫着熏蒸治疗散发的雾气。桑福里安蜷在他的安乐椅上。他两眼放光，盯着玛蒂尔德和安德烈斯，支支吾吾地说：

"太激动了，惹得我犯了病。"

他睡衣外面套着件羊毛衫，腿上还盖着鸭绒被。都说卡特琳和她父亲是一个模子里刻出来的；可实际上，桑福里安·德巴并没有女儿那种小兽般的神情，不过他跟她一样，个子不高，肤色偏黑，处处棱角分明——鼻梁、脑袋、膝盖和手肘、瘦削的双肩。他不停地喘着气：

"你看过起草的合同了吗，玛蒂尔德？出售私署协议已经签好了，塞尔内斯和贝利扎乌归我了……贝利扎乌和塞尔内斯……你知道的，我付钱了。孩子要去买订婚戒指什么的，正好需要现金……我知道他们也花不了多少钱……热尔桑特去酒窖了……她去拿我那瓶特藏的勒德雷尔香槟……我之前总跟你说呢……就是专门为卡特琳订婚准备的那瓶……"

格拉戴尔站在那儿，脸上红扑扑的，盯着病人看。他招呼安德烈斯过去，在他耳边低语了几句。热尔桑特端着托盘走进来，上面放着那瓶香槟和几个酒杯。加布里埃尔忽然开口道：

"大家都到齐了，只差我们的女主角了。"

桑福里安环顾了一圈。

"还真是……热尔桑特，去把卡特琳叫来……她应该就在隔壁。"

一阵咳嗽让他浑身发抖。他紧紧盯着那扇通

往隔壁房间的门。

"噢，她来了！我的姑娘，我们怎么把你给忘了。"

卡特琳装出一副惊讶的模样，问这是怎么回事。然后，她惊恐万分，大叫道："我才不是谁的未婚妻！"她的表演显得极其拙劣。相较之下，桑福里安才是演技精湛的那一个。他一脸惊愕地望向安德烈斯：

"这是怎么回事，孩子，你们俩还没商量好吗？我以为你们早就说好了。你可是向我保证过的……你呢，卡特琳，你怎么把我给搞糊涂了？"

安德烈斯脸色苍白，嘴唇颤抖着，他看了看父亲，看了看卡特琳，又看了看玛蒂尔德。年轻姑娘语气冰冷，又开口道：

"你从没问过我的意思。我才不是谁的未婚妻。我永远都不会嫁给安德烈斯。"

老德巴懒得再演下去了。虽然正受着哮喘的折磨，可是他的神情是那么喜悦，又夹杂着一点不安。

"亲爱的，永远都不会有人强迫你……你是自由的，而且……"

加布里埃尔打断他说：

"行了，别勉强了。戏演够了吧。"

"亲爱的，没人在演戏……我才是最惊讶、最难受的那一个……我一直都以为……况且我希望她再考虑一下。"（卡特琳打断他的话："早就考虑好了！"）"总而言之，"他连忙补充道，"我承诺安德烈斯的那些好处都还作数。"

这个年轻男人什么都还没说，却仿佛已被击倒在地。他支支吾吾地说：

"你可别觉得我还会在这儿多待一天……我拼死拼活了这么久……"

他父亲打断他：

"别这么说，我的孩子。你待在这儿吧，这房子是你的。有人洗劫了你、掠夺了你……但城堡是共有的。你就在自己家里，既然你也同意招待我，那我也待在这儿，需要待多久，我就待多久。"

他用他蓝色的眼睛盯着病人。桑福里安低下头，又抬眼看他：

"有什么事需要你待在这里？"

格拉戴尔平静地答道：

"我要等着你把赃款都吐出来。"

"瞧瞧，瞧瞧，我的老兄……到底是谁该把赃款吐出来？您脸皮可真厚啊……您可别逼我说难听话……要是安德烈斯把钱还给我，我完全可以把这出售承诺书给撕了……可您儿子的钱也许早让您给吞了吧？"

只有格拉戴尔和安德烈斯听见了后面这些话。格拉戴尔脸色苍白，年轻男人握住他的手，冷冷地说：

"既然签了就算了。"

屋子里一阵沉默。玛蒂尔德开口了，她的声音机械又生硬：

"我也一样，我的姑娘，定亲的事情谈了这么多年，我一直以为你和安德烈斯都商量好了。从前你自己也时常和我们谈起这事呀。不过我是绝不会强迫你的……"

年轻姑娘蛮横地说，母亲就不该多管闲事。玛蒂尔德耸了耸肩，没有说话，走出了房间。加布里埃尔和安德烈斯也跟着出去了。

病人跟卡特琳静静地待了一会儿，听着外面的动静。他让女儿去看看他们还在没在走廊上。她把门开了条缝，确定他们已经离开了。

"你瞧，姑娘，我之前对你怎么说的？招惹他们没用。你想看看他们的反应。你看到了，满意了……我承认我也是……可是现在……你听到加布里埃尔的话了吗？他要赖在这儿了！"

"那又如何？"卡特琳问道，一边调整了一下病人的枕头。他哀叹道：

"你难道不知道，他这个人什么事都干得出来吗？"

于是女孩大喊道："他能把我们怎么样？"

"小点声，"他低声说道，"你不了解这个人。他的情况我知道一些，但我告诉你的连一半也没有。你不能知道，也没法理解那些事，你还太小了……"

他不停地打着哆嗦。卡特琳温柔地微笑着，那张丑陋的面庞发出了光彩。她将一只手放在父亲的额头上：

"行了，他再无赖，也不会吃了我们的……我倒觉得是我们把他耍了！"她的语气中带有一种狂野的快乐。

"我病了，卡特琳。他们以为我会死，盼着我死掉，可我不会的……但哮喘也不会让我好过。当然，我还能像现在这样活好些年。克莱拉克向我保证过……他昨天还这么说呢……别的倒没什么，就是我现在没法自卫了……"

他顿了顿，以便喘口气。

"小心点，姑娘，我不知道他们在打什么主意……只要格拉戴尔在这儿，我们就得盯着他。他最后肯定会走的：会有人叫他回巴黎……他可想不到，我跟他的那个阿琳有联系。幸亏她还抓着他的把柄。可只要他在这儿，我就还是喘不过气……"

"你注意到妈妈的表现了吗？"卡特琳忽然问，"她可真厉害！她一点都没出岔子……我一直盯着她呢……"

桑福里安并没有注意到，因为她刚才站在安乐椅的后面。

"毕竟，"年轻姑娘说道，"我不愿嫁给安德烈斯，她应该很开心吧……"

她的眼神茫然地投向虚无。

"噢！该担心的不是你的母亲……而是另一个人，那个强盗……他那副柔声细语的模样真让我讨厌。孩子，得处处当心。先注意着厨房……小心火。天黑之后不要出去。"

他顿了顿，咳了两声。

"你得留意一下安德烈斯的账。他毕竟是佃农的孙子。说白了，他总是站在他们那边，跟我对着干。大家都说他热爱土地……可这根本不叫热爱土地，他只是任由那些人占我们的便宜罢了。再说了，瞧瞧他多么甘愿被他父亲敲诈呀。他逐渐把所有的佃租都免掉了……这个屠夫。要是他当了家，可不得了了。总之，你得留个心眼。"

卡特琳说：

"别担心，他们都逃不过我的眼睛。"

七

"安德烈斯冷静些了吗？"

"嗯，他闭眼躺下了。我在他额头上放了块湿毛巾。"

不到一个小时以前，老德巴摊了牌。玛蒂尔德轻轻关上了门——虽然里面住着加布里埃尔，可这里对她来说始终是"阿迪拉的房间"。

"我知道安德烈斯有发脾气的本事，"她说道，"以前我经常看到他大发雷霆，甚至失去理智，就是过了青春期也会这样。可他从未像刚才那样……对他来说，这个打击显然太大了……"

她在床边坐下。格拉戴尔抽着烟，两只手插在衣兜里，双唇紧闭。

"最让我吃惊的，"玛蒂尔德接着说，"是他

的那种痛苦。我刚说他很愤怒……其实他是内心
煎熬。很明显，他爱土地就像爱着一个人一样，
刚才他的感受就等于失去了他爱的人。"

"的确如此。"

她看着他，眼神里含着探询。他摇了摇头：

"你之前还说自己很了解他呢，可怜的玛蒂尔
德！我认识他可比你要久。然而，我昨天晚上才
回来……"

玛蒂尔德被这些话刺伤了。并不是因为这些
话点明了安德烈斯生活中不为人知、令人生畏的
一面，而是因为，这表明父亲已经博得了孩子的
信任。今天早上她还没醒的时候，安德烈斯就已
经把她不知道的一切告诉了他父亲。她不动声色
地说：

"噢，我就料到会有什么事！"

她撒谎了：她根本不知道面前这个人想说的
是什么。对加布里埃尔而言，他能感受到她内心
的煎熬，他痛苦的记忆也因此被唤起 —— 他对她
不无同情。二十年前，在阿迪拉的房间里，他不

得不在玛蒂尔德面前揭下面具，而她也终于看清了他的真面目。他还记得当年她晕倒在门后时的那声闷响。如今，让她受折磨的人成了安德烈斯。不，他并不嫉妒安德烈斯；只是，他多想和玛蒂尔德一起回忆那些苦涩的往事……可是在她身上，所有情感都消失殆尽，连苦涩也不存在了。正是她这种直白的麻木激怒了他，他又变得冷酷无情。他旁观着她的煎熬——面对他人的煎熬，他总是臣服于自己猎奇的欲望。他想让别人的痛苦加倍。他装出一副天真的模样说：

"那是当然！你那么敏锐，安德烈斯有了女人，你不可能没发现吧？"

玛蒂尔德答道：

"我早就知道……"

此刻，她双目圆睁，定定地看着加布里埃尔的嘴唇。

"要是我很肯定地告诉你，无论是你还是我，在他眼里都不再重要了，你应该不会觉得惊讶吧。他是我儿子，继承了我身上那种不屈不挠的意志，为达目的不择手段。他也冲动莽撞，就像他母亲一样……"

玛蒂尔德打断了他：

"你怎么敢这样说阿迪拉？你怎么敢提她的名字？"

这是她的借口：借着为阿迪拉辩护来发泄自己的嫉妒与痛苦。可格拉戴尔坚决地说道：

"你改变不了任何事情，安德烈斯是爱情的果实……"

"不，"她反驳，"不是爱，是恨。你恨阿迪拉，而她也恨自己受了蛊惑，受了伤害。可怜的安德烈斯！爱情的果实？得了吧！不如说是悔恨之子！"

"噢！噢！玛蒂尔德，我以为在利奥雅特，人们看不起说大话的人呢！看样子，'空话大王'已不是我了……"

她听见了吗？她笔直地坐着，双手交叉放在朴素的棕色睡袍上。她的额头，她眉毛和鼻子的线条，依然那么高贵！然而，那张双唇发白的大嘴，那松弛起皱的脖颈，却饱含热情与苦恼。一阵沉默后，她承认道：

"安德烈斯爱上的那个女人，我对她一无所知。我不知道是谁。利奥雅特没有人……"

"她不是利奥雅特人，她在神父家里住过几周……"

"你说的不会是那个女人吧？"

"他和她是在火车上偶遇的，那天周四，他看完橄榄球赛从圣克莱尔回来。是她主动的。秋天里他们常常幽会，在偏僻的公园里、荒废的农场上幽会。如今她去了吕格迪诺斯，住在马尔贝克广场边那家新开张的旅店里。"

他紧紧注视着面前这个女人，观赏着她一动不动的样子（除了嘴角在微微颤抖），只听她冷若冰霜地问道：

"安德烈斯和这个女人的事情跟我没有关系，和他能不能结成婚又有什么关系？"

"托塔·勒沃（她的名字）这几天要动身去巴黎了。人们知道她现在在吕格迪诺斯。尽管她哥哥并不知道她在那儿安顿下来，人们却说是他哥哥安排她过去的，还说他们根本不是什么亲兄妹……利奥雅特的谣言有多可怕，你比我更清楚……她似乎很爱她的哥哥，担心自己会害了他，所以才不顾安德烈斯的阻拦想要离开……可安德烈斯还是接受了，因为他都计划好了：只要一结婚，他就去巴黎找她，甚至在结婚前就去……可如今，他什么也没有了……虽然他不承认，但我不信这个女人不图他的钱。"

这时，玛蒂尔德打断了他的话，说安德烈斯刚卖掉塞尔内斯和贝利扎乌，拿了一大笔钱……格拉戴尔转过头，没有说话。她走到他面前：

"这钱……被你拿去了，是吗？说话啊！"

他无力地反驳道：

"才不是！他拿这钱去投资了……我给了他百分之五，这钱不在我手上了。我会把剩下的都还给他，可是他拒绝了，这些钱他花不了多久的……再说了，等他听得进我的话了，我还有更好的东西要给他……他答应我了，不等到我们打赢这场仗，他是不会走的。"

玛蒂尔德打了个寒战；她厌恶这种温声细语，他的语气有种说不出的恐怖。她碰了碰他的肩膀，迅速收回了手。

"你最好还是走吧，你也走，加布里埃尔！"她突然热切地恳求说，"你走吧，你走。去搭三点的火车……"

"但是亲爱的，我在这里还有很多事要做啊。"

她坚持道：

"你在这里做不了好事。不管发生什么，你都别想指望我。"

她走向门口，而他还站在窗边，背着光。她只能看见他脸庞的轮廓。

"亲爱的，你知道我需要你……你会明白的……你会感谢我的！"

"不会的！"她反驳道，"决不！"

"别急着否认，等你知道我的打算再……怎么了？"

她把一根手指放在了嘴边，竖起耳朵：

"我听到了车子发动的声音。"她说。

"他要去找她了。也许这会是他们最后一次见面。"

玛蒂尔德不禁失声大叫:

"希望她别把他带走!"

格拉戴尔走到她身边,她纹丝不动,一只手放在插销上。他搂住她的肩膀:

"不会的,你放心吧,他会照我说的做……"他装出一副欢快的模样,"我也爱他,这个孩子……你难道要我在这个关头抛弃他吗?"

接着,他压低声音,厉声说道:

"很快,他就会成为这里的主人了。我向你保证。"

她始终沉默不语,于是他抱了抱她(她可以闻见他的鼻息),轻声说道:

"他会成为主人,因为你会成为这里的女主人。"

她猛地挣脱他:

"在这里,我什么也不是。德巴掌管着一切,你心知肚明。"

"没错,"他说,"当然!……但是亲爱的,哮喘这病,它表面上没什么……但最后它还是会损伤心脏的。"

"克莱拉克医生说,他会比我们活得都久。"

"噢!克莱拉克医生这么诊断!我还是更相信自己的判断!"

他大笑着。她被这笑声吓坏了,她极力挣脱他的魔力,走出了房间。她下了楼,穿过前厅,披了件外套,一头扎进那连正午的阳光也穿不透的迷雾之中。三钟敲响,是小拉叙斯在拉动钟绳。汽笛一阵哀鸣,工厂的大门纷纷为工人们打开。玛蒂尔德一身轻松,她感到解脱。她并不觉得煎熬。世界焕发着光彩。生活妙不可言,记忆在淡薄、在模糊……她不知道自己在指望什么;她期盼着明天。加布里埃尔为她播下了希望的种子。

八

当天黄昏时分，夜幕降临，百叶窗帘仍然开着。在吕格迪诺斯，马尔贝克广场边的巷子里，一盏路灯照亮了托塔的床。她如同躺在一块裹尸布上，正在抽烟。她注视着即将离开的安德烈斯，那个有点肥胖、衣着简陋、打橄榄球的青年，他一头鬈发又粗又硬。而在暗处，他的目光也跟随她游移，她漂亮的胳膊向烟灰缸伸去，又收了回来，将香烟贴到唇边。

"别！"她命令道，"别用我的刷子。"

他立刻放下了——那些珍贵的象牙制品、带着金塞子的水晶小瓶，对他来说都十分神圣。看着他鬈曲的头发下那低矮的额头，还有他那目不转睛的神情，托塔陷入沉思："我会有麻烦的……"

可怎么办呢！难道要她像阿兰想的那样，回老家去，住在拉伯诺日的房子里——去年，他们的母亲就是在那里去世的。她会过上艰苦的日子（酒库里积着三年的酒卖不出去；葡萄园租给了一个毛手毛脚的家伙，葡萄树都让他给种坏了）……她还不如去死！可是在巴黎，要怎样靠着一万两千法郎的年金生活呢？当然了，她原本可以找个人的……可是为了阿兰，她不想行奸卖俏，不想堕落沉沦。不然就只能满足阿兰的另一个愿望：和她的丈夫重归于好……那个瘾君子、揍她的半疯男人……那个一无所成、碌碌无为的作家……不要！决不！决不！要是安德烈斯能时常到巴黎来补贴她的生活，那便再好不过了……毕竟，他对她情有独钟……得让他下定决心了。

"我必须考虑动身了……我的哥哥，是我害了他……"

"你想去找什么人？你说啊？"

他衬衫的领口半敞着。从下往上，她看见他粗壮的颈根，黝黑的下巴微微扬起。

"什么人都不找。除非我实在是穷困潦倒了……再说了，你跟我一起走，有谁拦得住你？是，我知道，你已经订婚了……但你可以找个理由……"

他身子微倾，用手摸了摸嘴唇。他忽然像一棵树那样倒在地上。

"你疯了？"

他又坐了起来，她听见了他的呼吸。

"托塔，我现在不能走……"

不行，他不能离开：他谨记父亲的教诲——今天早晨，从老德巴房间里出来时，父亲在走廊里对他低语："留下来；再坚持几个星期，你就会成为这里的主人了。你将拥有她，那个离了她你就活不成的女人。要想永远和她在一起，你只能靠自己……"

他当时倒在床上歇斯底里地哭喊；父亲的话在他耳边盘旋，几分钟后，他逐渐平静下来。父亲向他承诺的那些话有着讳莫如深的威严。谁能怀疑这些坚定的声明所具有的力量呢？不，安德烈斯不会跟托塔离开。他应该不顾一切，再多挽留她一段时间。他又坐回到床上：

"再留几天吧，你刚刚答应过我的，不到一个小时之前。"

她注视着他，隐藏起心中的厌恶。她喜欢的只有黑暗中的他——他的面孔会变得模糊，看不清他脸上或愚蠢或粗鄙的神情——一具被黑暗斩首的躯体。

"你心里很清楚，我没有别的男人，因为我还在犹豫是否要离开……我可以离开，也可以留下来……没有人在等我。要不是因为阿兰……"

安德烈斯重复道："所以你谁也不爱？"

她说："我爱的人身处另一个世界。"

"他死了？"

"比死了更糟……他被囚禁了。"

安德烈斯刨根问底，像个孩子一样什么都照着字面理解：

"他在牢里？"

她叹了口气：

"要是他在牢里，我还能给他写信。我就会知道他在思念我，正如我也在思念他一样。可是神父住宅的围墙、教袍禁锢了他，孤立了他。这么说还不够……他简直遥不可及……"

"啊！我知道了！你说的是你哥哥！"

他激动地大笑，左手搂住少妇的肩膀。

"你吓到我了，知道吗！"

她的面庞洁白而沉静。他被深深吸引，缓缓向她贴了过去。一辆汽车从马尔贝克广场驶过。响起一阵狗叫声。马匹缓步前行。马车在门前停下。黑夜里回响起方言的声音。托塔感到自己离哥哥还不够遥远。她将再次隐没于无人可及的黑暗中，躲避像阿兰那样的人：他们为了感化生灵，为了将人们笼罩在祈祷与痛苦的巨网之下而煞费苦心。可安德烈斯必须回去：他不能让父亲觉得自己当了逃兵……她问，今晚有什么特别之处，会让他的家人比其他时候更怀疑他。他搪塞了过去，又近乎苛求地问她：

"怎么样，你不走了吧？"

她抚着他的手，没有答话。

"也许吧，"她终于开口说，"我只要再走远一些就行了……我也可以在波尔多安顿下来……但你得帮帮我……我没什么钱……"

他似乎有些不快。"他就是个一毛不拔的小乡巴佬。"托塔想道。这时，安德烈斯又想起父亲的承诺："再坚持几个星期，你就是赢家了……"于是他坚持要她留在吕格迪诺斯。她并不拒绝；她仍然属于他，顺从他。

他嘴上说着"我要走了，我得走了"，却站在床边，一直不走；她躺在床上，安德烈斯在她眼里变得伟岸，可实际上他并不高大。她又抬起了胳膊，仿佛那胳膊并不属于她的身体，而是一条游移的蛇，她的手就是蛇的脑袋。她的掌心贴向男孩的嘴唇。他轻轻咬了她一口，她并没有叫出声来。旅店里鸦雀无声，剁肉的动静隐约从厨房传来。

"这一次，"他说，"再见了。"

黑暗中，两人的脸贴得更近了。

她听见安德烈斯的脚步声越来越远。她总是玩这个游戏，侧耳细听着远去的脚步声，还有那马达发动的隆隆声，直到声音完全消失。她可以通过喇叭的声音辨别距离，知道他是在墓地的拐角转弯了，还是上了圣克莱尔路……那天晚上，她留心听着走廊地毯上传来的沉沉的脚步声……突然间，她听见砰然倒地的声响，似乎有人摔倒了，她听见安德烈斯叫喊着咒骂了一句，还有一连串的笑声。

托塔从床上跳下来，摸索着披了件晨衣，冲进了昏暗的走廊里。楼梯间灯光微弱，平台上隐约有摇晃的人影。这一定是场恶作剧：有人被那两个玩闹的男孩摁到了地上，还被蒙上了一条床单。

托塔身上穿得不多，不敢从暗处走出来；听到他们响亮的笑声让她松了口气。地上那人挣扎着，抖落了身上的白床单；托塔看见安德烈斯血糊糊、气汹汹的脑袋从里面露了出来。刚才把他往地毯上摁的两个男孩似乎惊呆了。

"安德烈斯先生！这可没想到！"

安德烈斯脸上糊着血迹，低声叫道："穆雷尔？帕尔迪厄？你们这俩浑蛋！捣蛋鬼！"托塔冲了过去，跪在地上，托住他的头。他的鼻子在出血，上嘴唇微微肿了起来，但没什么大碍。

"赶紧的，"她低声命令，"快把他扶到我房间里去。"

两人感到十分抱歉，因为安德烈斯总是很慷慨，他们都很喜欢他；他一点不自大，还是足球场上的明星，大区里最厉害的"前锋"；离了他，利奥雅特球队就玩不下去。

好在这个时节，旅店几乎是空的。这层楼里没住别人。穆雷尔喋喋不休，口音浓重刺耳：

"他不会有事的……早知道是他就好了！真是晦气！本来想捉弄神父的……就当个笑话咯！"

安德烈斯从床上坐起来说："好一些了……"两个男孩在一旁不停重复着："早知道……您想想……"他冲他们大喊：

"快滚，今天的事情不准说出去，听到了吧？不然我就去告你们。"

穆雷尔提议说，如果安德烈斯先生太累了，他可以留下来开车。帕尔迪厄能自己开小卡车回去。他们绝对不会回去吹牛的……安德烈斯却低声埋怨道："你们俩都快滚蛋。"托塔始终没有说话，默默在一旁照顾着安德烈斯。她眼睛都没抬一下，便对两个男孩说：

"但你们还是可以为神父先生做证……"

他俩狡猾地瞥了托塔一眼。帕尔迪厄退到楼道里之后回答她说：

"怎么啦？什么啊？这能证明什么呢？能证明……"

他把他那两根粗大的食指举到贝雷帽两边，帽子紧紧贴着他窄小的头。

安德烈斯差点冲出去，托塔把他拦了下来：

"算了吧！算了！"

他们等待着，直到小卡车的声音逐渐消失。这会儿换年轻男人躺在床上，而托塔急急忙忙穿

上了衣服。房间里亮着凄凉的灯光。安德烈斯哀
求说：

"你穿衣服做什么？你不是说要睡觉吗……"

她默默打开衣柜，取出了裙子和内衣。安德
烈斯已然坐了起来：

"你疯了？现在已经没有火车了。"

她说要去搭第二天早上的那一趟，五点四十
发车。她要把衣服穿好，在床上等着。他问她打
算去哪里，她只答道："有多远走多远……"不过，
她说等安顿下来就给他写信，他可以过去找她。
他深深感觉到，只要能摆脱自己，托塔什么都会
答应；而在这个毫不听劝、魂不守舍的女人面前，
所有的哀求都是徒劳的。

九

"我似乎听到有车来了。"

格拉戴尔打开门，侧耳听了听。薄雾下的月光影影绰绰。万籁俱寂，只有雨后的巴里昂河汩汩流淌。玛蒂尔德依旧坐在壁炉边的椅子上。假如那声音是安德烈斯的，她早就听出来了；她从来不会弄错。她喃喃地说："我们再也见不到他了……"格拉戴尔耸了耸肩：

"他肯定有事耽误了……你为他想想吧！他是个理智的人。"

玛蒂尔德腾的一下站起身：

"这次是他，没错了。"

加布里埃尔说自己什么也没听到；然而发动机的声音划破了寂静，离屋子越来越近。

"我听见换挡的声音了，他正在林荫大道那边转弯。"

安德烈斯走进屋里，脱下了他的旧山羊皮衣。看到他们大半夜还站在屋里等着自己，他并没有表现得很惊讶。

"亲爱的，"玛蒂尔德叫道，"你这是受伤了！你嘴唇都肿起来了！你额头上的疙瘩又是怎么回事？"

他解释说自己在车库里碰了一下，没什么大碍。他走到壁炉边，没有回答那些问题，只说自己饿了。玛蒂尔德把留给他的羹汤热好，端到桌上。他坐到桌前，狼吞虎咽地大吃起来，跟在小旅馆似的。加布里埃尔抽着烟，坐在稍远的地方，目不转睛地盯着儿子。玛蒂尔德则一直服侍着他，眼睛也没抬一下。她本不想亲吻他的，她想，他的样子真可怕。

"好了，孩子，去睡觉吧。"

他一口气喝光了杯子里的酒，将椅子挪到了壁炉边上。他的脸颊有些泛红，眼神迷离，嘴里一股臭气。他脸上青一块紫一块，看起来像个刚打过架的流氓。

"我还不困，"他说，"而且我们没时间了，得想想办法……要是你们不太累的话……"

"噢！我啊，"加布里埃尔打断道，"我已经不知道'睡眠'是何物了；我总是过得昼夜不分……可你，玛蒂尔德，你先去睡吧。你站着都能睡着了。"

她辩解说自己并不困，但格拉戴尔两眼盯着她，暗示着："让我们单独谈谈。"

她本不想把他们单独留下。她不知道这个男人会对安德烈斯说些什么；但她肯定安德烈斯需要保护。不过，她也遵从格拉戴尔的意愿，觉得自己和他站在同一条战线上。事情都会解决的……然而代价会是什么？话说回来，她又有什么好担心的？没什么好担心的。可她还在犹豫，到底要不要离开。于是加布里埃尔走了过去，把她轻轻往门口推，低声说道：

"你在这儿我没法跟他谈……"

"你要谈什么？"

"你知道我想谈什么！"

她表示自己并不明白。他耸了耸肩，指了指安德烈斯。他正把双腿伸在壁炉跟前，背对着他们。

她略微摇了摇头。他打开门，侧开身子让她出去。她最后回头看了一眼。

"不，加布里埃尔，"她语气坚定，"我真的不明白。"

他回到儿子身边。安德烈斯的一双大手捂在脸上。加布里埃尔一开始以为，他这样做是"为了不被火烤烫"。紧接着，他发现男孩正在哭泣。

"哭吧，"他说，"没什么好丢脸的。我们晚点再谈……"

年轻男人擤着鼻涕，声音很大。他哭得浑身颤抖，像极了小时候发完脾气的模样。牧羊犬看着他，鼻子靠在他的腿上。"但愿他能冷静下来！"加布里埃尔想。他等着儿子的情绪稳定下来，好听他讲讲发生了什么。不用着急，面前还有漫漫长夜。虽然加布里埃尔还没想好要从何说起，他已经胸有成竹——他感到有一股力量在指引着他、支撑着他。

"怎么了！"他握住安德烈斯的手，问道。

"她离开了！"

"那太好了！她离开了很好啊，我们就不用再束手束脚，这里的一切也都能恢复原样了。"

"我不知道她现在在哪儿……"

"在巴黎，老兄，那小兔子总是往巴黎'躲'。好了！别生气了，会帮你找着她的。下个星期，你还能等等她的信……"

"没错，她答应过我的。"

格拉戴尔笑逐颜开："那不就是了？你还哭什么呢？"男孩笑了，他再次充满希望。他问父亲："这段时间城堡里有什么动向？"格拉戴尔把椅子挪近了一点，往壁炉里添了一捆柴火，看着火苗在树枝间蹦来蹦去。"还没有，目前还没什么新动向。得为将来做打算，不远的将来。医生说的都是空话，老头的心脏已经扛不住了，他活不了多久……"

"难道你就指望着这个！"安德烈斯失望地打断了他，"接下来呢？你觉得卡特琳会改变心意？胡扯！我了解她……还有，我，我再也不想要……打死也不干。"

安德烈斯站起身来，在厨房里乱转，一遍又一遍地叹着气：

"这就是你所谓的办法……"

"这不关卡特琳的事，"格拉戴尔打断了他，"当然了，到那时我们也可以试一试……不过我明白，你是不会原谅她的……况且还有更好的法子……（他的声音又低了一些）他们俩的婚后财产是共有的，老头和玛蒂姨……等她成了寡妇，迪比什家的所有财产都会到她手里，外加一半的婚后共同财产，也就是老头从我这里买回去的那些地产。"

安德烈斯微张着嘴，听到父亲的话，眉头紧锁。他喃喃道：

"对我来说，这些东西一点用都没有……"

格拉戴尔继续不动声色地说着，一门心思地讲他那些大道理：

"为了保全家产，大多数家庭的联姻方式往往千奇百怪，这难以避免……说到底，你玛蒂姨跟你不算近亲，她只是你母亲的表妹……当然了，这门婚事只是个形式……这是肯定的！等事情一办妥，你们之间的一切还和从前一样……"

"你疯了吗，爸爸！"

安德烈斯向父亲凑过去，晃了晃他的肩膀：

"你真是彻底疯了！"

"这门婚事只是个形式罢了！当然了，但凡玛蒂姨还活着，你就没法再婚……不过，也不一定是坏事！既然你仍是自由的……"

"首先，你觉得她愿意演这场戏吗？即便只是个形式，她也不会同意的……我了解她，她把我当成她的儿子，她会觉得这桩婚事很荒唐。"

格拉戴尔摇了摇头："不会的！不会的！"他发出轻轻的笑声：

"我可以跟你保证，她全都会答应的。而且我们有充足的时间帮她做思想准备……"

"那你想过，这在利奥雅特会有什么影响吗？你能想象那些人会做出什么表情吗？"

加布里埃尔继续不慌不忙地说：

"结婚的事情可以保密嘛。不过卡特琳在这儿，还能保密吗？这个问题得再想想。说真的，你想想，只要是关乎利益的事情，这里的人就全都能理解。"

"可是爸爸，我边听边想着……你说的这些有什么意义呢？桑福里安姨父状况不错……"

"真的吗？他确实还活着。状况不错？那不见得。"

"不管怎么说，他还能活个好几年。"

"做梦吧！傻小子……"

"总之，还能活很久……可我等不了了……不能！我不能再提心吊胆地过日子了。"

安德烈斯转身向厨房走去。父亲的目光紧紧追随着他，突然开口道：

"这种日子过不长了。你相信我。"

　　安德烈斯停了下来，看着说话的人。他分辨不出父亲的声音了。格拉戴尔坐到了一把矮椅子上，手肘顶着大腿，挡着自己的脸；安德烈斯只看见他近乎纤弱的颈背，瘦削的肩膀裹在厚重的英格兰毛衣里。他能听见这个陌生的人有些急促的呼吸声。年轻人向前几步，打开了朝着花园的门。夜晚澄澈而寒冷，巴里昂河上，流水与轻风窃窃私语。格拉戴尔朝他大喊自己被冻僵了。安德烈斯摸了摸自己的额头，朝父亲走来：

　　"所以你是个先知，"他笑着问，"你知道未来会发生什么事？"

　　安德烈斯想用玩笑来挣脱他的魔力，想要回到那种平常的氛围里。格拉戴尔始终靠在壁炉边，他答道：

　　"未来是由我们创造出来的。"

　　说完，他抬起头来，面前的年轻人露出一副局促不安的神情，令他惊讶万分：

　　"怎么了，安德烈斯？你为什么这样看着我？我说了什么不得了的话吗？"

"没什么……"

男孩摇了摇头，像是在打消一个荒谬又可怕的念头。忽然间，他又想起了托塔。有那么两三分钟，她在他的脑海中消失了；可现在她又突然出现，她依然在那里，连同他生命里那些隐秘的记忆一起熊熊燃烧……而此刻，格拉戴尔沉默了，他要说的话都已说完。现在他只剩下等待。

楼梯间门上的插销微微移动了一下，玛蒂尔德走进房间。她又穿上了那件棕色的睡袍，夜里，她把头发都编了起来。她赤脚穿着拖鞋，两人并没有听到她走来的声音。

"我又下来了，"她说，"我很担心……你们知不知道现在几点了？"

安德烈斯顿了顿，盯着她看了几秒钟，眼神犀利。她问道：

"你们谈了些什么？"

"老实说，我记不清了……我们都谈什么了，安德烈斯？"

年轻人做了个模棱两可的手势，快步走了出

去。玛蒂尔德和格拉戴尔紧随其后。

他们一同上了楼，屋子里静悄悄的。楼梯的木板在他们脚底下嘎吱作响。走到卧室那层时，一扇门打开了，一个摇摇晃晃的人影顺着墙壁拖了过来。桑福里安·德巴穿着睡衣，形销骨立。

"已经这个点了，你们三个在做什么？天都快亮了。"

玛蒂尔德解释说，是安德烈斯没有回来，他们担心得睡不着觉。她十分抱歉把他吵醒了……然而老头尖声叫道：

"你骗我，我早就听见汽车的声音了……安德烈斯回来好久了……我想知道你们都干了些什么……"

格拉戴尔抬高音量，打断他道：

"现在我们聊两句天都不让了吗？这屋里要是有贼，那肯定不在我们三个之中……"

德巴倚在墙上支支吾吾，一时间讲不出话来；这时卡特琳出现了，她也穿着睡衣，走到她父亲身边。玛蒂尔德又开始解释，他们是在等安德烈斯回来，说她让桑福里安受惊了。然而，女孩根本没有在意母亲说的话，她扶着病人的肩膀，带他离开了。

三人听见钥匙在锁孔里嘎吱转动的声音。格拉戴尔做了个手势，示意玛蒂尔德和安德烈斯先等等，屏住呼吸。透过房间和走廊的隔板，他们听到了卡特琳的说话声：

"你会坏了事的……你不想功亏一篑吧！你明知道晚上我在守着你……"

"可你谁也没守住……"

"我也需要睡觉……"

老头咕哝了几句，他们没有听懂。卡特琳躺回到床上，对着老头喊道：

"不会的！可怜的爸爸，你这是胡说八道……我相信他能做出很多事……但这事不可能！"

玛蒂尔德和格拉戴尔并没有对视。玛蒂尔德想要亲吻安德烈斯，但他扭开了头。

插销和门闩响了一声。乡间的城堡在薄雾之中沉睡，快到鸡鸣时分了。

+

第二天早上，玛蒂尔德一洗漱完就去敲丈夫的房门。订餐之前，她总会先问问丈夫的意见。然而今天，他没有像往常那样叫她进门。把门打开一条缝的是卡特琳。

"昨晚他受了惊吓，一整晚都没睡好……他这会儿正休息着呢。"

"行吧！那就让他好好睡吧……"

"昨天夜里，他喘不过气来，妈妈……我都以为他不行了。"

"那你为什么没找我？"

卡特琳盯着母亲：

"你还说呢，妈妈！你都不想想！就是见到你，他才最容易动气……"

"你父亲从来不怕我，我的小卡特琳。他一直很信任我啊……你在说什么呢？"

卡特琳冷笑着回答："没什么……"随即把她关在了门外。玛蒂尔德在楼梯口站了一小会儿。她丝毫没觉得生气。确切地说，她更像是为突然间证实了一个隐隐期待的消息而感到有些畅快。她既不愿意承认这种欣喜，也不想要探明原因。"卡特琳肯定夸大其词了，她以为他快死了……但每次他咳嗽、喘不上气的时候，都像是活不久了……"

她将宽厚的玉手搭在反光的扶手上，头顶的天窗照亮了楼梯，雨水滴滴答答地拍在窗户上。雨不紧不慢地下着……"这下冬天真的来了，"玛蒂尔德心想，"弗龙特纳克家的草地又要变成潟湖了。"

她得马上去见一个人，告诉他这个消息；虽然这个消息乍一听并没什么要紧的，可他一定会非常感兴趣。她在走廊里走了几步，敲响了加布里埃尔·格拉戴尔的房门。他叫她进门。但他一看到是玛蒂尔德就表现得有些局促。他向她道歉：

"我不知道是你……不然我不会这么……"

他还没起床，正一边看书一边抽烟。

"我可没在看你！"玛蒂尔德笑着说。

他扣上了睡衣；然而，这个五十多岁男人雪白的胸膛、孩童般的上身还是让她有些感慨——曾经，她看着小格拉戴尔站在磨坊的水闸上，不敢跳进水里（阳光下，他纤细的肩膀上还有几滴水珠在泛着金光）……直到现在，他还是一点都没变。

"听我说，加布里埃尔，我得提醒你：你可不能再玩昨天晚上那种游戏了……"

"什么样的游戏？"

他清澈的眼睛盯着她，她感到有些不安。

"你给我仔细听着！昨天晚上，我丈夫非常难受……卡特琳老喜欢说些耸人听闻的话来让我变得可憎，可连她都说，他快要不行了……"

格拉戴尔在烟灰缸里掐灭了烟头。她认出了那只光着的瘦弱胳膊，还有那只长满褐色汗毛的手。他用极为冷静的语气说：

"这没什么好惊讶的，我从克莱拉克那儿打听到，只要情绪稍一激动……"

"不！"玛蒂尔德猛然打断他的话，"不！"

"你为什么这么说？"

她一言不发，额头靠在淌着雨水的窗户上。大地被淹没了。或许这场大雨会将房子、公园围困住好几个星期，把他们与世人隔绝开来。而他们全家都将一同生活在这叶方舟里。格拉戴尔突然问她：

"玛蒂尔德，你爱你丈夫吗？"

"这算什么问题！当然了！"

他微微一笑，点了根烟。

"该怎么跟你说呢，"她说，"在我们这儿，没人会这么问。对我来说，桑福里安还是和结婚前一样。你记得吗，我父亲去世后，他一直管理着我的财产。他一直在操心……我们从未有过激情……我很感谢他把这个家打理得这么好……"

"没错，亲爱的。但总归有段时间，他不只是个管家……卡特琳可不是凭空出现的……"

"噢！"她笑着大叫道，"这是多久以前的事情了，而且根本没有持续多久！顶多两三个月吧……他很快就明白不应该继续，在这方面，他并不擅长。真的，我向你发誓，我都想不起我们之间有过夫妻情意……"

"玛蒂尔德，实际上你还是个年轻女孩。"

她突然觉得双颊发烫，耸了耸肩，又回到窗边。

"你还是个年轻女孩，玛蒂尔德……一切都尚未开始，你就甘心让它这样结束……有时候，我们对待自己比生活对待我们残忍多了……是啊，会有那么一天，生命会不满地拒绝那些我们逆来顺受的事，那些我们以为最遥不可及的东西会出现在生命中，让我们变得完整……"

她低声说：

"我不懂你在说什么……"

可他继续说着，仿佛确信她能领会自己的深意：

"我还记得小玛蒂尔德……噢！她是多么天

真，多么纯洁……但是……你还记得那个‘基地’吗？”

她激动地对他说：

"别说了！你闭嘴！"

他躺在床上，额头上几绺白发散乱，像是在睡梦中。过了好一会儿，他突然说道：

"你今早见过安德烈斯吗？"

"还没。我跟安德烈斯没什么好说的……"

"你知道他那个女人走了吧？对，她离开这儿了……我们得把安德烈斯留下，但又不能让他生气。实际上，我希望她能给他写信，这样他就可以耐心点。去吧，亲爱的，去找你的安德烈斯。而我要做的，可就没那么愉快了，我得去陪克莱拉克喝杯茴香酒……没错，我和这位医生惺惺相惜。我送了他一瓶茴香酒，当然是正品。你知道的，在拉西约塔和卡西斯的酒吧里，这种酒一般都藏在柜台下面……如今他半夜都会爬起来喝上一口……"

玛蒂尔德匆匆离开房间，对自己急着见安德

烈斯感到害羞。"我有什么好害羞的？"她当然有权利去见安德烈斯。她不去才叫荒唐呢！他需要人看着，况且……她了解安德烈斯：他承受不了内心的煎熬。她感到焦躁不安，既期待又害怕。跟平常一样，她没敲门便径直走进了安德烈斯的房间。他没穿上衣站在镜子前，正刮着胡子。他生气地转过身来：

"这儿不是磨坊！你想怎样？难道我得把门闩一直插上？"

她愣在门口。

"可是，安德烈斯，亲爱的……我确实一直把你当成小孩……"

这些话最能让他平静下来。他走向她，亲吻了她。

"你啊，你是我的老玛蒂姨……"

他又亲了亲她，但她离开了房间，没有回吻。他跟着她去了走廊：

"邮递员还没来？"

"没呢，亲爱的，他总是十一二点的时候来，你知道的！”

从今往后，他的生活里就只剩等待邮递员这件事了，她想道。人的心里装不下第二个人。我们心中永远只容得下一个人，至于其他的，我们只是假装相信他们存在……“他的老玛蒂姨”……她摇摇头，像是在赶走马蜂。随后，她去厨房嘱咐热尔桑特今天的待办事项。上楼的时候，她撞见了卡特琳：

“我正在找你呢，妈妈。没错，父亲想见见你……噢！”年轻姑娘尖声说道，“你倒也用不着跑……”

玛蒂尔德喘着粗气走进丈夫的房间。跟往常一样，他蜷缩在安乐椅上。她有多久没见他这样躺着了？他没刮胡子，也没洗漱。他紧紧凝视着她，她感觉自己被看透了；她听见他带哨音的呼吸声。他点了根烟来缓解哮喘。

“你坐近点，我好省点力气……我的整体状况没有变得更糟，但气短的问题变严重了。秋天里，我的病情往往最严重、持续得最久……我想和你聊聊，问你个问题……听我说，玛蒂尔德，虽然昨晚发生了那样的事，我依然相信你。我想确认，你没有和其他人联合起来对付我，你没和他们串通一气。如果你跟我保证，我会相信你。我非常需要你的支持！卡特琳还是个孩子，不能什么事情都跟她讲。她太容易激动了。"

的确如此。在这个世界上，或许只有一个人桑福里安·德巴永远不会怀疑——他的妻子。她意识到了这点，她也知道，在他心里，自己还是有些分量的。但她不明白其中的深层原因。对于她刚才和格拉戴尔提到的那段两三个月的夫妻生活，她表示自己只能勉强想起，而他，桑福里安，却记得清清楚楚：老头一直没有忘记失败的夫妻生活给他带来的羞辱，也没有忘记他草草了事时的窘迫。他感谢玛蒂尔德从未因此对他有所怨言，她反而对他无微不至，还帮他出谋划策。可每当涉及小安德烈斯的利益时，她就变了个样。

她字斟句酌，回答说：

"没什么阴谋。要是我知道有，肯定会告诉你的。你先别感谢我，我现在还是觉得，你在安德烈斯的事情上做了手脚……"

"不，亲爱的，我没有……我对你发誓……不过，我早就知道卡特琳对他心怀不满……但直到最后，我都以为她会屈服，同意嫁给他，你和我都知道，她其实疯狂地爱着他。"

玛蒂尔德露出惊讶的样子，于是他继续说：

"当然是这样啊！不然她就不会这么在意他冷漠的态度了。她经常一遍遍跟我讲：'但愿他只是在骗我，或是在演戏……'她比你们都先知道，安德烈斯在外面有女人了……所以，你明白吧，我有理由相信，也许她最终会同意跟他结婚，虽然她曾跟我保证她不会……我承认，当时我也很担心……看看吧，亲爱的，你那么爱他，可你想想安德烈斯是怎样的人。想想如果安德烈斯做了你的女婿会怎样！不是说他不好，只是，他父亲是……"

病人忐忑地看向门那边，压低了声音：

"你不清楚我了解到的那些事。你不知道格拉戴尔会整些什么幺蛾子，迟早会出事的。（没错，我有线人。）到了出事那天，你会感激我当初没让这个浑蛋变成你女儿的公公。到了那天，我们一定会为他感到耻辱，"他喘着气强调说，越说越激动，让玛蒂尔德有些害怕，"如果有人来家里抓他……毕竟，他只是我们的姻亲而已……可是，因为有安德烈斯，他仍是我们家庭的一员……我不能告诉你这些，我只剩卡特琳了……"

玛蒂尔德把椅子挪近了些：

"你可以相信我，"她低声对他说，"你知道的，我从不乱说话。况且，我也不想让安德烈斯跟卡特琳结婚……"

这是她第一次表明自己不支持这桩婚事，虽然她一直以来表现得好像安德烈斯的幸福就靠它了。病人握住妻子的手，脸上洋溢着信任和喜悦。现在他可以向她和盘托出了！

"卡特琳还喜欢他，她为此拒绝了一位极为优秀的追求者：贝尔比内家的儿子……没错，就是我那工厂的合伙人……你知道他们家的地产值多少钱吗？即便价格缩了水，地产的收入依旧可观……况且，等到法郎贬值的那一天，价格还会回升的……唉，我可怜的玛蒂尔德，一定是因为这两三年来有人挑拨我们的关系，我才不敢跟你提这件事！"

"这是当然！"她突然打断，"你总不能一边跟我讲贝尔比内的事，一边要我相信你会把卡特琳嫁给安德烈斯……可现在，你已经从安德烈斯手里拿走了塞尔内斯和贝利扎乌……"

"但你想想！无论如何，他父亲也会让他卖掉这些田产的。你很清楚，他一直控制着安德烈斯。我们可不能让外人得到塞尔内斯和贝利扎乌。这你同意吧？想都不用想！如果这两块地归了别人，土地就会被隔开，我们的田产就不完整了。我这是在履行我的职责，"他口吻坚定，令人信服，继续补充说，"我说的都是实话，直到最后一刻，我都在担心我们的女儿真会投入安德烈斯的怀抱。至于安德烈斯这个可怜孩子，卖田产的钱甚至还没到他手里，就已经被他那流氓父亲给搜刮得一干二净了。好了！我会补偿他的：只要我还活着，就会承担他所有的开销；他得到的会比塞尔内斯和贝利扎乌带来的利润更多，但这些田产不能流到外人手里……等我死了……如果你们还活着。没人知道到底谁死谁活，对吧！我死后，你们想给他什么都行……当然了，我说的是钱……土地可一块都别想，你能发誓吗？况且到那时候，安德烈斯会在哪儿呢？我很同情他，他不是个坏孩子……可毕竟：父债子还，天经地义。"

玛蒂尔德专心致志地听他说着。她重新冷静下来。她想知道是什么在威胁加布里埃尔，以便让他有所提防。因为她不相信什么"天经地义"：她不希望这不公平的规则牵连到安德烈斯。但没人是格拉戴尔的对手，她心想，只要了解了情况，他立刻就会知道该如何反击。

"听着，桑福里安，我很高兴能和你这样交谈。关于安德烈斯的事，我觉得你做得不对，但我不会再怀疑你的一片好心。"

他抓过妻子的手，牢牢握住。

"但是，"她补充道，"你得相信我。你知道我有多爱安德烈斯……是的，我得知道是什么在威胁他的父亲……这是为了保护孩子，为了想办法……让他尽早离开这里……比方说，我们可以把他送去挪威……他应该去参观那儿的造纸厂……"

"你听我说，靠近点。（老头压低了声音）很早以前我就从格拉戴尔那儿听说，有个女人在勒索他。其实并不难猜：这家伙如此精明，还会任由自己被要挟这么多年，对方肯定抓着他什么可怕的把柄……我找了找这个阿琳的地址，只要留意他最近一次在这儿时收到的信就能找到……他非常厉害，他是不会离开这所房子的，他想把我……而我呢，玛蒂尔德，在他面前，我感觉自己无能为力……因为我的身体……克莱拉克认为我的身体在变差，他以前从来没这么说过，这件事我只告诉你一个人。他的态度突然变得有些令人不安……事实上，我一点也不相信他。我觉得自己的状态还不错，不像他说的那么糟……但还是得让那个流氓滚蛋，你也这么想吧？我们得不惜一切代价……所以我给那个阿琳写了信：她今早回信说，她会负责帮我摆脱格拉戴尔。她会在他最意想不到的时候，突然来这里……我得花一大笔钱来办这件事。但在她把事彻底办妥之前，我可不会付一分钱。其实她这次想让他完蛋，她知道他已经无路可逃了。有人花钱托她办事：没错，你知道的，就是德多尔特侯爵……我跟你提过这个：格拉戴尔曾经拿着侯爵夫人的信四处宣扬，最后以十万法郎把信卖给了她丈夫。至于德多尔特小姐的未婚夫，他不想再听任何解释……据说德多尔特小姐已经疯了……这些都算不上问题。和我们有关的是，德多尔特侯爵想要剥了格拉戴尔的皮。他开了个价，而这个阿琳已经跟他谈好了生意。要是格拉戴尔被抓，或者只是被教训教训，这些事最好都别在这儿发生，对吗？就算不在这儿发生，我们也免不了被牵连。"

玛蒂尔德真想大喊："不能这样做啊……为了安德烈斯……"不过她忍住了：没什么能动摇

她丈夫的决心。她只能遵照之前的决定，假装和老头统一战线，彻底调查清楚情况，再把一切都告诉加布里埃尔。为了保护安德烈斯，她得站在那个强盗那边……是的，加布里埃尔就是个强盗……但就在刚才，这个强盗只说了一个词，就让她浑身颤抖："基地"……三十年前，纯真的她将头靠在他消瘦的肩膀上，闭上双眼；她记得，暴风雨在他们的周围轰隆作响……她的生命中再也没有出现过那样的场景……她的一切都留在了"基地"里。这样的情节再没上演过，也再不会有了……再也不会有了吗？尽管思绪翩翩，她依旧在认真听老头跟她讲话：

"你一定想得到，我给她写信用的都是无人称句，也没有署名。噢！这是为了保险起见，我挺谨慎的。信上也没有留寄件地址。为了不让她留下信封，我都是托贝尔比内在周一去波尔多时把信带过去的。我再也没从利奥雅特寄过任何东西，我不信任这儿的邮局职员。总之，那个阿琳周一晚上会到这儿来，也就是三天后。到时候，卡特琳会去火车站接她。她一到站，我们就把她带去格拉戴尔的房间，趁他还在呼呼大睡，吓他一大跳。她写信说：'我向您保证，周二一早，他就会跟我坐第一班火车离开……'要变天了，就像安德烈斯常说的那样……没错，要变天了……可你要知道（他不安地盯着玛蒂尔德），我这是在帮安德烈斯：事情一过，他很快就会忘记，我们可以让他留在这儿。让他去旅行、去花钱，又有什么好处呢？他可以继续看管田产，就当这些田产还属于他，而卡特琳最终会嫁给贝尔比内的儿子……你不会离开吧……"

"当然不会，"玛蒂尔德起身说道，"我只是觉得你说了太多话，有些激动。"

她想将手放在他额头上，却被他一把握住，用他那干瘪的嘴唇吻了吻。

"卡特琳要是知道我跟你说了这么多，一定会非常生气……她对你心存芥蒂，这是因为嫉妒……可我不会后悔……恰恰相反，我觉得很安心……你一直很讨厌那个男人……你有理由恨他，哪怕只是因为阿迪拉……"

她坦率地回答：

"我不知道我恨不恨他，但他让我感到厌恶和害怕……啊！这么说，我确实恨他！"

病人放下心来，他愉快地搓了搓手，把指关节弄得咯吱作响：

"噢！我可以安心了。那你只用看好安德烈斯就行，转移一下他的注意力。事成之后，你再挑个合适的时机，把事情跟他讲清楚。这事可就拜托你了。"

他紧紧抓住玛蒂尔德的手。玛蒂尔德还没来得及把手抽出来，卡特琳就进来了。她用狐疑的眼光看着二人。玛蒂尔德想到自己即将转达的消息，感到非常高兴，这消息一定会让孩子们躁动不安。面对即将到来的风暴，她兴奋极了。但她不会冒失到马上跑到格拉戴尔那儿去，因为卡特琳很可能会监视他们的一举一动……她突然想起，格拉戴尔见过克莱拉克医生。此刻，她明白了为什么医生会对病人说那些令人担忧的话。加布里埃尔真厉害，他是最有本事的，他知道如何躲避敌人的攻击。

雨越下越大。玛蒂尔德在房间里窥伺着。她把窗帘微微拉起，以便等格拉戴尔一回来，她就能招呼他。她并不厌倦等待，也没心思去别处做些什么。她也一样，正朝着自己的目标前进，也就是她的幸福。加布里埃尔回来后，她愈发感受到这种强烈而朦胧的幸福。正因为加布里埃尔，她就要到达幸福的彼岸，他有足够的能力为她打开幸福的大门……她做了什么坏事吗？为什么要担心？如果此时此刻她需要忏悔，她要承认什么样的罪行呢？难道提醒格拉戴尔不是她的责任？这可关系到他的性命：格拉戴尔，他是阿迪拉的丈夫，是安德烈斯的父亲……"但你很清楚，"一个神秘的声音在她心里说，"你鄙视格拉戴尔……你很清楚自己希望他做什么……"

"我没希望他做任何事！"她大声说。

加布里埃尔走进屋时，她已经跟安德烈斯和卡特琳坐在餐桌上吃饭了。最近这些事情发生以来，大家吃饭的时候都一言不发。还没等甜品上来，卡特琳就起身去找她父亲。玛蒂尔德听到头顶传来女儿的脚步声，趁这会儿肯定没人监视，她悄悄告诉格拉戴尔，有要紧事得和他谈谈，得找个安全的地方。可是，白天没有哪儿是安全的，因为下雨，大家都被困在家里。

"今晚来我房间吧，"格拉戴尔说道，"那儿离老头的卧室最远。"

"要是我被看见了，别人会怎么想？"

"第一，你不会被看见的。第二，你和我，我们之间还能有什么别的事？你想告诉我的肯定是要紧事……我有预感……是关于阿琳的吗？"

她点了点头。他的拳头举起又放下。

"啊！这个女人！"

他的脸上写满了仇恨，玛蒂尔德只好挪开视线。

±

当天傍晚，安德烈斯躺在床上，抽着他早上开的那包烟里的最后一支。他在床上铺了张报纸，以免皮鞋上的泥渍弄脏被子。热尔桑特隔着房门告诉他，神父先生想和他聊聊。

"我没有搞错，安德烈斯先生，他要找的就是您……我已经招呼他进客厅了。"

过了几秒钟，安德烈斯才反应过来"神父"和"托塔的哥哥"的关联。他突然坐了起来：这就是他一直在等待的答复，是托塔给他最糟糕的答复。既然小神父已经介入此事，就说明不会再有任何希望了。安德烈斯甚至没心思把头发压压平，便径直下了楼。他头发上翘、衣领松垮，神色慌张地走进这间宽敞而昏暗的房间。虽然开着暖气，房间里依旧阴冷。一些套着罩布的安乐椅位于仿布勒[1]风格的蜗形托脚大台桌之间，靠墙摆放着，墙上挂着迪比什家族精美的肖像画，这些杰作出自王朝复辟时期的波尔多画家德加拉德之手。罩着平纹薄纱的吊灯映射在厚厚的拿破仑式独脚小圆桌上，桌上放着一些相簿、国际跳棋和立体镜。这些小玩意儿中，还放着神父那顶凹凸不平的怪帽子，像只死蝙蝠似的。安德烈斯偷偷看了眼小神父。小神父和他一样，长得又矮又壮（难怪穆雷尔和帕尔迪厄会把他俩搞混）。可是，在这张眉头紧锁、长着皱纹的年轻脸庞上，他既看不见焦躁，也读不出羞愧。在安德烈斯看来，神父只是一套抽象概念的集合，他一向毫不关心。他和无数的孩子一样，按照教规礼仪去"领圣体"，而后再也不去想这件事。如果督促他在这方面多加思考，人们最终会发现，在他眼里，这不过是一件无聊至极又无足轻重的事，适合等弥留之际

---

1 安德烈-夏尔·布勒（André-Charles Boulle，1642—1732），法国家具工匠和镶嵌细工领域的杰出艺术家。

再来谈论：毕竟宗教是人们可以用来得体地安排婚礼和葬礼的唯一体系。而且，对于这个贞洁而孤独的年轻人，安德烈斯怀有一种难以言喻、来自男性的极度厌恶，这是一种生理上的反感。

"先生，"年轻的神父开口说道，"您猜得到我是为了谁来找您的吧？"

安德烈斯纹丝不动，只是低下额头露出后颈，等待审判。

"我知道您对某个人的感情，"神父继续说道，"她是我的亲人……您得振作点……没错，我也没想到她会这么做，您也应该感到高兴才对——因为您很爱她，不是吗？——她回到她丈夫身边了。我也是今早才知道的，有人给我捎了口信……"

"啊！"安德烈斯打断他，愤愤地说，"你们得逞了……"

神父支支吾吾地说道，自己对她的决定也颇为震惊，他不指望什么了，也不知道该如何是好。安德烈斯说：

"你们很厉害……他们说得对：你们这些人，你们很有手腕……"

"不，先生，别这么说，我不厉害。"

虽然安德烈斯没有观察别人的习惯，神父的口音还是引起了他的注意。他抬头望向神父，细细端详着，心中默想，这就是托塔的哥哥。他们兄妹二人没有任何相似之处；但在这张岁月留痕、脸颊凹陷的面孔上，他看到了熟悉的嘴唇轮廓、鼻根，还有眼神……他看到了失去的一切。他突然爆发：

"您不会明白的……我不怪您，神父先生，您是不会明白的。"

神父怯生生地握住了他的一只手，安德烈斯没想着把手抽回来。

"你们这些人，"年轻人重复说，"你们永远不会明白这些的，你们不懂爱。"

安德烈斯听到了一丝转瞬即逝的笑声。他有些惊讶，抬眼望向神父。神父只是简单问道：

"您这么想的吗？"

他又轻轻一笑。突然间，他用一种与忏悔者对话的口吻，不动声色地继续说：

"您很爱她，但您应该更爱一点，也就是放弃她……"

安德烈斯再次暴怒，他叫道：

"这都是在胡说八道！说得好像我放弃她，她就会幸福似的！您也和他们一样把我当成傻子！您等着，看我能不能找到她！您等着！"

"找到她对您来说轻而易举，先生。她不过是一头待捕的可怜母鹿……可我来这儿是有个请求，"他突然换了个语气（眼眶里闪着泪光），继续说道，"您是个好人，您一向站在可怜人这边，我想请您也同情同情她。我不敢跟您谈论我自己。您不了解……您还很年轻……可正因为您很年轻，您才能明白我过着什么样的生活……托塔可能和您聊过这些？和您一样，我才二十六岁。人们不是恨我，就是鄙视我。我的上级也觉得我少说是犯了行事鲁莽的过错。为了托塔，我承受了这一切……我从来没有和任何人提过这些……您是第一个……总有一天，上帝会主宰万物，他会帮我们战胜这自甘堕落的愚昧。而我以上帝的名义恳求您……"

生活中经常有倾诉者和倾听者身份互换的神奇时刻。这是因为我们没有选择：有时候，我们的痛苦出离自身，挣脱了我们的内心世界，而无论是谁，都会伸出双臂来拥抱这个悲伤的孩子。尽管年轻、单纯的安德烈斯不明白这些话的含义，他仍然能感觉到这痛苦有多么深刻。他说道：

"我没忘记穆雷尔和帕尔迪厄还欠我一顿痛打，我不会放过他们的。从此以后，没人会来打搅您，神父先生，我向您保证。"

后来，阿兰回想起这一刻，他的内心忽然十分肯定，这个外表看起来如此强大的男孩，已经像根秸秆一样被旋风卷走了。与此同时，他觉得自己出现在那个房间里并非偶然。他不再去想托塔。她不再让他焦虑得心头一紧了。他默念道："上帝，可怜可怜这家人吧！"

安德烈斯看到神父的眼眶里噙满了泪水，内

心暗潮汹涌。出于年轻人的义气，他握住了神父的手。

"我不能保证什么，"他吞吞吐吐地说，"我想要的太多了。但我会尽力而为……"

神父低下了头，一句话也说不出来，久久注视着他。

安德烈斯将门打开。一个男人正在昏暗的门廊里抽烟。虽然已是满头银发，其实他还很年轻。他穿着打猎的衣服，口袋里露出一块和衬衣颜色相同的手帕。这烟味让神父想起了托塔房间里的气味。安德烈斯说道：

"这是我父亲，您认识吗，神父先生？"

格拉戴尔站起身来。虽然他的脸庞在阴雨沉沉的暮色中模糊难辨，神父还是感到这个饱受非难的男人已经看穿了自己的内心。然后，格拉戴尔向神父庄重地鞠了一躬。神父快步离开，匆忙关上了身后的门，消失在阴雨中。潮湿的风把他的长袍吹得鼓鼓囊囊。他刚走几步，就听见有人跑了过来。他转身一看：是他，安德烈斯的父亲，他没戴帽子，头发都被风吹了起来。

"神父先生，我想和您说……"

阿兰比他矮点，不得不抬起头来听他说话。阿兰几乎看不清他的模样，却竟也对他有些反感和憎恶，他为此感到有点羞愧。阿兰多么厌恶他那温润的、近乎甜腻的声音！

"我给您写了封信，神父先生，我该称它为信吗？不对，应该说是一本书！书里记录了我的一生，我糟糕的一生！还没写完，我就停笔了……我不敢继续写下去……现在，我在想，您应该……您应该读一读……我能把这本册子送去您家吗？没错，我是用练习册写的。您可以回复我，不回复也没事……"

阿兰做了个同意的手势。

"我为灵魂服务……"神父回答道，语气有些生硬。

神父没有向他伸出手。

格拉戴尔回了家，冷得浑身哆嗦。安德烈斯甚至没有注意到他出去过。

"爸爸，他来告诉我……他的妹妹……"

他没法继续说下去，悲伤得喘不过气来。

"你一定会告诉我，只要我想……把她追回来就可以了……"

他没看清父亲的脸。父亲打断了他：

"不，我的孩子，我不会这么说的。"

安德烈斯想："他是在担心，要是我去巴黎找她，肯定会管他要钱……"可是，格拉戴尔想的完全是另外一回事，他说道：

"这个小神父，你可以信任他，相信我，我了解他……"

年轻人有些吃惊。

"爸爸，但是现在对我来说都一样了……"他用疲惫而绝望的语气继续说，"能不能结婚我根本不在乎！至于塞尔内斯和贝利扎乌，你拿到了钱……对我来说，其他的事都不重要……你一直待在这儿是为了什么？没错，有什么意义呢？（他犹豫了一下，压低了声音）昨晚的谈话，我很不喜欢……这么说可能有些蠢……总之，耍这些小伎俩有什么意义呢？你在利奥雅特已经无事可做了。"

天黑了。安德烈斯以为父亲已经走了，他甚至听不见父亲的呼吸声。可突然，格拉戴尔提高了声音，用一种反常的尖嗓门说：

"不，我的孩子，我在这儿是因为还有些事要做……事成之后我就会离开，我向你保证。我会离开的，你不会再看到我。"

安德烈斯不知该如何回答。他没有自省的习惯，也不会观察自己。跟无数的孩子一样，他会说："真无语……"这句话的背后是无数痛苦和绝望的源头。在一片寂静中，他突然听到了轻轻关门的声音；他明白，父亲已经不在这儿了。

±
二

"我等会儿再从你房间出去，"格拉戴尔低声说道，"卡特琳一定很担心你和老头的谈话，她是个警觉的孩子。要是被她看到我从这儿离开……"

玛蒂尔德回答说：

"再等会儿吧。"

他们听着窗外巨大而平缓的水流声，时不时还有几滴雨水从屋檐上落下，雨滴砸在阳台上的声音格外突兀。床头灯照亮了房间的一角。在玛蒂尔德面前，一个男人的身影依稀可辨。他坐在躺椅上，手肘撑着膝盖，正在咬指甲。

现在，他全都知道了：她把一切都告诉了他。然而，她已经懊恼不已，对这头她刚刚放出牢笼的野兽感到恐惧。他没有表现出丝毫惊讶，也没有丝毫愤怒，甚至没有发出一声喊叫。可玛蒂尔德宁愿他把愤怒发泄出来。他专注、冷静、仔细地提问，这比任何形式的爆发都更让玛蒂尔德感到震撼。他现在又回到了同样的问题上：

"你确定是卡特琳去车站接她吗？……德巴真的告诉你，那些信都是用打字机打的，没留寄信地址，而且是从波尔多寄出去的？这非常重要……"

玛蒂尔德问：

"为什么重要？"

他做了一个含糊不清的手势，又陷入了思考。她远远地观察着他：他双手交叉，紧握的拳头靠在脸上。玛蒂尔德唤醒了这头无法战胜的野兽，就像一个漫不经心的孩子扔了根火柴，突然间，森林熊熊燃烧，警钟一声又一声地敲响，路上的车挤作一团……她乞求格拉戴尔快点离开，求他躲起来，他却无动于衷。他想直面敌人……不，她不应该把这件事告诉他的：可是不这样做，阿琳就会来带走格拉戴尔……这会引起一些流言和骚乱……可随后一切都会重归安宁……安德烈斯会被送去斯堪的纳维亚的某个国家……她一向不赞成这趟远行，可现在，她巴不得他能去那儿。想这些有什么意义呢？事已至此……除非……没错，她还能向桑福里安屈服，她可以向他坦白自己背叛了他。如果能给阿琳发一封电报，让她推迟行程，或许就能避免悲剧发生……玛蒂尔德一边这样想，一边在房间里踱步。现在轮到格拉戴尔盯着她看，观察着她。

他察觉到了危险。他总是能在第一时间预感到敌人的心机。背叛的想法甚至还未在他同谋的脑海中成形，他就已经感到它在萌芽。他问道：

"你确定卡特琳不会为了低调行事而开车过去吗？你确定她们会从火车站走回来？"

"你都知道了，为什么还要我重复一遍？"

"行吧！我们聊聊别的事。我也有个消息要跟你说：今天下午，富尔卡神父来找过安德烈斯。你猜是为了什么？据说那个女人和她丈夫重归于好了。小神父把我们的安德烈斯骗得团团转，他居然放弃追求她了，至少目前是这样……"

玛蒂尔德惊呼一声，停下了脚步。

"对我们来说这很重要……尤其是对你……你得照顾他，悄悄看着他、关心他……但别再把他当成小孩一样对待，换个方式。他需要的是女人，是女人的温柔。相信我：事情会进展得很快，没错，非常快。千万别担心，我这是正当防卫。不论发生什么，你得告诉自己，我有义务救自己的命，这话千真万确。"

他朝她靠过去。

"你快要自由了，玛蒂尔德。"

"可是，"她猛然打断道，"我不需要自由！我什么都不需要，什么都不……"

格拉戴尔示意她小点声，他把耳朵贴在门上听了听：

"感觉我可以回房间了……我听见你说的了，亲爱的，除了现有的东西，你不再想要其他的了。可如果有些东西落到了你的头上……一些你从未指望过的东西，也从来没想过的东西，该怎么办呢？行了！你等着看吧……顺带一提，我很安心：自从行动开始以来，你一点错都没犯。今晚你帮了大忙，我不会忘记的。而你也不会忘记，我给你带来了幸福。要不了多久，你和安德烈斯在夜里也不会分开。"

她压低喊声：

"别说了！你太无耻了！"

可他已经离开了。她没想着脱掉衣服，只是呆呆地站在房间中央，什么都没想，她喜欢这样放空。她想到可以吃一片安眠药助眠。

药柜在卫生间里，卫生间的毛玻璃窗户没装百叶窗，正对着城堡的附属建筑。还是不要开灯为好。玛蒂尔德在瓶瓶罐罐中摸索着。牧羊犬叫了几声，随后安静了下来。这嘎吱嘎吱的声音是从哪儿来的？她听出来了：是通往内堡的木质暗门发出的声音，那儿放着些工具。玛蒂尔德站到凳子上，稍稍打开窗户。雨停了，但整片树林都在滴水，起风时像是又下起了大雨。天气不冷。玛蒂尔德尽情呼吸着湿润泥土的清香。不，她没有看错：有人从内堡出来了，肩上还扛着把铁锹。这个人几乎毫无防备之心：他知道没一个房间是朝着院子的。这人对房子很熟悉……再说，难道她没认出来这是谁？一刻钟之前，这人还坐在房间里……或许他是个疯子？没错，疯子。因为他在外面无事可做，无论是好事还是坏事——都已经这么晚了。他的眼睛是疯子的眼睛，他说的话是疯言疯语。玛蒂尔德这么想着，回到了她的房间，服下了两片安眠药。她宁愿这么想，宁愿相信事情就是这样。无论如何，她刚才偶然看到的这个人的所作所为不会威胁到任何人。桑福里安正在几米开外的地方酣然沉睡。阿琳，那个女人，她还在巴黎。该担心的是周一。睡意没有她想象中来得那么快，但她感到四肢松软，肌肉松弛。突然，她想起自己忘了背诵祷文。她应该再起来，跪着，但她没有勇气。她匆匆背完祷文，并不理解其中的深意。她漂亮的双臂环抱着一个无形的身躯。她感觉一个轻盈的庞然大物正压在自己身上。

十三

周一上午，跟往常一样，热尔桑特隔着门喊：
"有人打电话找卡特琳小姐。"

女孩似乎有些意外，她父亲对她说：

"应该是工厂那边打来的……"

即将到来的风暴让他有些惊慌，他的呼吸变得更加困难了。今晚，那个女人就要来了；他会把她带去格拉戴尔的房间。明天，他应该就能解脱了吧？不得不承认，这个格拉戴尔很厉害……可他终究不是阿琳的对手。被她纠缠了整整二十年，他始终没能甩掉她。玛蒂尔德应该没有背叛他吧？不会的！老头非常放心：卡特琳一直监视着她，她相信玛蒂尔德完全没跟格拉戴尔谈过……除非，玛蒂尔德给他写了便条？那卡特琳肯定会听到些风吹草动。她回来了。

"爸爸，电话是从巴黎打来的。是那个女人，没错……阿琳。她感冒了，虽然不严重，但她不得不推迟到周四才来；我们可以相信她，周四她肯定会来的。"

"打电话的是她本人吗？"

"噢！当然！就是她的声音！沙哑的、砂糖般的声音……我从来没听到过这样的……"

"行吧！那就等周四。但我觉得有些遗憾……在这种大事上，得抓紧点。"

卡特琳想了一会儿后说：

"两天而已……可能到时候雨还下得小点，从火车站回来的路就没有那么难走：你想想，我得带着一个怪女人在被水淹没的路上跋涉！你有没有跟她说过，得走足足二十分钟？"

"我承认，这是整个计划中她最不满意的一点……不过，她并没有对我的未雨绸缪感到惊讶，因为她觉得这个家伙很危险；她很了解他，她可狡猾了！"

"爸爸，我发现……你别激动，这不是什么要紧事，只是告诉你一声……事情是这样的！这几天来，克莱拉克每天都在拉科特那儿喝酒，和他一起的是……"

"不会是格拉戴尔吧？"

卡特琳点点头。

"你确定？"

"但是，亲爱的爸爸，这事很严重吗？如果把克莱拉克赶走，我们可以去找佩蒂奥医生，他医术好……"

"话虽没错，但他不了解我的体性。"病人哀叹说，"总之，这说明了一些问题：你看到格拉戴尔布的局有多大了吧，嗯？这太可怕了，孩子。我也为你担心……他会想办法把你引开……他总能想到办法……我啊！我也不清楚……可能是下毒……"

卡特琳低声埋怨：

"不如让他杀了我！"

老头没听到她说的话，继续喊道：

"怪不得克莱拉克这几天净吓唬我……原来如此！是有人指使他这么做的，想让我萎靡不振……可我宁愿知道这些……我还很硬朗……但我们依旧寡不敌众……噢！要是你愿意的话，孩子，"他恳求道，"如果你同意的话……贝尔比内家的儿子……"

"不行！"她匆忙打断，"你忘了我们的约定：关于这件事，今年之内一个字都不许再提。"

"我没忘记，可那时我并不知道我们即将面临什么样的威胁。你想想：如果我们家里多一个男人，一个又高又壮的三十岁青年。他肯定会站在我们这边！他会为你揪起那个浑蛋的衣领，把他扔出窗外……"

"但是，爸爸，格拉戴尔待在这儿，算是在他儿子家里……也就是在他自己家里……如果我们搬走呢？德巴家在广场边上的那套房子一直没人住……"

"离开这里？休想！"

终其一生，德巴都在梦想成为利奥雅特城

堡唯一的主人。但在安德烈斯成年之前，他没能改变财产共有的协定。而一年前，年轻人听从了格拉戴尔和玛蒂尔德的建议，拒绝了所有的收购提议。

"一想到我和这个浑蛋的儿子共同拥有这栋房子……说到他，你的安德烈斯，我再也无法忍受他丑恶的脸了……"

"你怎么说他都可以，"卡特琳反驳道，"但你不能说他长得丑。"

"你觉得他好看，是因为你还没有见过别的男人。"

确实，她还从没见过别的男人，虽然她参加了好几次婚礼，有时也去巴扎斯和吕格迪诺斯逛街。那些地方有很多年轻人，但她怎么可能看他们一眼呢？她的世界里只有一个人，她愿意的话，她本可以成为他的妻子，虽然会受他轻视，或许还会遭他厌恶，但总归是他的妻子。而为了生小孩，他也会宠爱她几次。有时，她会想着这事，或者更确切地说，她会让自己忍住不想（这是她

212

忏悔时唯一的主题），一旦肉欲的罪恶变成了责任……他不爱她又有何妨呢？

"好了，孩子，你在想什么？"

"我在听雨声，我很开心可以不用去接那个女人了，至少今晚不用。"

也是在同一天，大约四点，卡特琳听到了发动机的声音。她走近窗户，看到格拉戴尔进了屋，随即又出门了。

"快看！"她叫道，"格拉戴尔出去了……我没看清他手里拿的是什么……都这时候，他能去哪儿？这会儿还没到寄信的时候……"

"赶紧！我的孩子，快跟上他……我们一点都不能马虎，尤其是今天。"

卡特琳取下雨衣，打开了门，没有发出一丁点声音，这只有她能做到。桑福里安听见她在小路上跑。为了打发时间，他从手边的小桌子上堆着的账簿中拿了一本，从下到上核对账目。卡特琳很快就回来了，比他预料的要早。

"如何？"

"你绝对猜不到！他把一个大信封放在了神父那儿……没人给他开门，他就从门缝底下把信塞了进去，接着就回来了。他认识富尔卡神父，这事你知道吗？"

桑福里安想了想，说道：

"我搞不明白他们之间有什么……除了安德烈斯和神父的妹妹之间……"

"原来如此！"卡特琳勃然大怒，"那封信必定和这龌龊之事有关。"

十四

周一这天，神父骑着自行车去拜访佃农（这一次，他觉得小镇上的居民对他没什么敌意）。他是六点左右回来的。尽管筋疲力尽，他很开心受到了四五家居民的接待。他们邀请他喝酒，他给小朋友们发了些图画，好几个男孩报名了教理课。走过小镇时，裁缝店的老板娘拉罗斯夫人还问他，十二月第一个周五的弥撒在几点钟做。德巴－贝尔比内工厂的一群工人还回应了他的问候。光是这些事情，就足以让他重拾信心。托塔回丈夫身边之后，所有人都对他笑脸相迎。他进门的时候捡起了格拉戴尔的信封，他知道是谁送来的。他又有些郁闷，真想把信直接扔进抽屉里。但匆匆吃了些点心后，他去了楼上的卧室，穿上拖鞋……

然后开始翻阅这本小小的练习册。

神父的煤油灯放在床头的独脚小圆桌上，灯光从下往上照着挂在上方的耶稣像十字架。他每看一页，就要调整一下呼吸，然后抬眼看看耶稣像，仿佛是在给自己打气。接着，他带着恐惧，而非厌恶，再次浸入泥流般的文字之中。这个常常让托塔的哥哥失去勇气的神秘世界充斥着巨大的诱惑，这个罪恶的神秘世界，就在今晚，正被他全部攥在手中，隐藏在这个小小横线本的蓝色封皮之下。他一口气读下去，一直读到一段引文，恶魔缠身的格拉戴尔引用了一位老神父的话："有些灵魂是属于他的。"

"不！"他大声反驳，"不，我的上帝！这不可能。"

阿兰不相信任何一个灵魂是属于他的……又或许，所有灵魂都属于他。自人类堕落以来，先辈遗留下的恶果足以让每一代人迷失：这种隐匿于形的疯癫根植于人类的本质，一直蔓延到最后一个活人的内心。一些人遏制了罪恶的生长，但还有一些人，他们臣服于罪恶，让罪恶之花得以在一代又一代人心中绽放……现在，一个神秘之人获得了唤醒罪恶的能力——他是天使长！（大部分人甚至不知道有这么一个人……）他不仅要唤醒这些可怜人的所有罪恶，还要利用他们对温情的渴望、他们自我献身的热情……

"主啊，"阿兰想着，"您的孤独我感同身受；从周四的夜晚到周五，您承受着这样的孤独直到死去。您知道被天父离弃时，人类的孤独是怎样的 [1]……当您的敌人利用孤独来毁灭您的造物时，请不要纵容他——他是黑暗的统领、这世界的王……可是，他的力量又从何而来呢？是谁封他为王？"

从这本蓝色封皮的小小练习册里，走出了一群又一群妓女、老鸨、皮条客、同性恋、瘾君子和杀人犯。妓院、劳改场、教养所，这些国家机

1　参见《马可福音》第 14 章第 32—33 节，《马太福音》第 27 章第 46 节。

构[1]都在他脑海中描绘着一座地下城，一个与现实的都市规模相当的地下密穴。在一条非洲小路上，惩戒营高唱着污秽不堪的歌曲……阿兰意识到自己受到了诱惑，这是属于他自己的诱惑：诱惑他的，并非展现在他眼前的世上万国的荣华富贵，而是人间所有的耻辱。[2]他跪下来，双手合十，放在打开的册子上。他用他这双祝圣和赦罪的手触碰着这一页，行与行之间残留着格拉戴尔的指甲轻微的印痕。神父为这些罪恶的文字祈祷。他努力让自己保持对上帝的顺从，在脑海中提醒自己神学院的教义。人的身上，除了谎言，就是罪孽，爱上帝是上帝的馈赠，爱上帝就是上帝出于爱给我们的奖赏。善始于上帝，而恶始于我们。我们的每次善举，都是上帝在我们身上的作为，他与我们同在；而每种恶行，都只属于我们自己。从某种程度上说，我们都是罪恶之神……

"这个格拉戴尔，他决定当一个神……"

---

1 法国的官办妓院一直存续到 20 世纪中叶才被逐渐取缔。

2 见《马太福音》第 4 章第 1—11 节。

可是，阿兰回忆起来的这些真理，都如同雪花飘落在火焰上，被他的焦虑融化了。雪啊！雪啊！他想起一位圣女曾看到过灵魂坠入深渊，仿佛暴风雪中铺天盖地的雪花。雨水流淌在神父家屋顶的瓦片上，流淌在被淹没的街道上，可流水声依旧无法盖过这无垠的沉寂——漫天飞舞的雪花，层层叠叠下坠的灵魂，在一场无止境的坠落中交织在一起。

他让自己紧张起来，极力遏制住邪念和诱惑的萌芽（他厌恶这种诱惑）——他不愿成为漫天雪花中的一片，不愿与那么多堕落的灵魂为伍。他将大脑放空，让思考停滞。耶稣和门徒的对话从遥远的过去传来：

"主啊，这样谁能得救呢？"

"在人这是不能的，在上帝凡事都能。"[1]

爱无所不能；爱可以颠覆学者的逻辑。这个不幸的人，他在这本孩子的练习册里写下了自己

1　见《马太福音》第19章第25—26节。

丑恶的一生，他知道自己本可以做出怎样的善行吗？那些看起来与恶为伍的人，可能比其他人更早被上帝选中。他们堕落得愈深，背叛的使命就愈崇高。没有经受过堕落的诱惑，就不会感受到真正的幸福。或许，只有那些本可以成为圣徒的人才会堕落。

阿兰这样想着，双膝跪地，双手合十放在小练习册上。雨越下越大。他心想，雨水也流淌在利奥雅特城堡的屋顶上，在这些纸页上写满潦草字迹的那个可怜的灵魂，此时正在某间卧室里熟睡。他是托塔爱过的安德烈斯的父亲……此时此刻，阿兰几乎真切地感受到这些灵魂中流淌着同样的血液，我们所有人都因罪恶与圣恩而置身于神秘的联结之中。他为罪人的爱流泪。火车的汽笛声撕破黑夜。车轮在铁轨上轰隆作响。蒸汽扑哧扑哧地向外喷涌。阿兰心想："九点那班火车进站了。"这班火车到站和他有什么关系？一种极度的悲伤突然压在他心头，他只好把头靠在桌上，额头挨着这本蓝色的小册子。

火车在密雨中前行。站台上只有三个人：头戴兜帽的站长、手摇提灯的工作人员，还有格拉戴尔——他用雨伞挡着脸。二等车厢里只有一个丰腴的女人，她正艰难地走下车厢。格拉戴尔急匆匆地朝她走去。从三等车厢的鸡笼里传来一阵鸡叫声。好戏即将上演。之前在电话里模仿阿琳的声音不过是热身……现在才是真正的考验。必须让阿琳听他解释。她甚至有可能不会听他讲话。要是他能事先给她发个电报，让她对这次见面有所准备就好了……可要是从利奥雅特发电报，那就太愚蠢了，如果去波尔多又会显得可疑。而且，这封电报可能会成为日后调查的重要线索……今天早上，他迫不得已在吕格迪诺斯模仿阿琳的声音打了电话，这对他来说已经很冒险了……（没有其他办法能够阻止卡特琳来车站……）没错，还是这样更好。关键是说话的调子：没错，得找到合适的调子。

"嘿！没错，是我。你很意外吗？别担心……

是这样：卡特琳生病了，她发烧到三十九度。于是，老头只好把他的秘密告诉了我……"

阿琳愣住了，一言不发地听他讲着。

"事情就是这样。别待在雨里。没错！怎么了？我什么都知道了：这个阴谋是为了让我娶你，然后离开这儿……大傻瓜，你不需要藏这么多小心思，我早就决定了，我要娶你！只是，请允许我这么说，你不应该让德巴老头干涉我俩的事情。"

阿琳回过神来。她抓住了他的胳膊，钻进他的伞下避雨。

"他们骗了他，"她心想，"他们觉得这样更省事……这个主意也不赖……"

她说道：

"噢！你知道吗，宝贝，对我来说，结婚……我没那么想结婚了。我得好好想想。"

格拉戴尔长舒一口气。他得救了，而她完蛋了。和他来这里的那晚一样，他把阿琳的车票给了工作人员，然后绕过车站。

"喂，"她直截了当地问道，"你知道我要来，为什么不开车过来？这毫无道理……"

"安德烈斯把车开走了，他还没回来。"

幸亏他想到了这个最简单的解释。

阿琳咕哝道："真倒霉！"她搂着他的胳膊，一双大脚跟跟跄跄地踩在水坑里。他说道：

"要不了十分钟就到了，我带你抄近道……"

他们走在一条满是木屑和碎树皮的小路上，路边放着些木板。这条路一直通往村庄的另一边。格拉戴尔并没有拐到大路上，而是沿着利奥雅特第一栋房子边的小径往树林深处走去。他冒失地说了句：

"就是这条近路……"

他本可以什么都不说的 —— 为了不踩到水坑和车辙，女人只顾盯着脚下的路。他不应该引起她的注意。现在，她让他抬高雨伞。她发现他们已经走到了树林深处，四下荒无人烟，不禁有些担心。

"我们马上就到城堡那条林荫道了，"加布里埃尔说，"你看，这种天气，走在这沙地上多惬意啊。沙子把水都吸干了。想想那些马路！简直就像泥流……你在这儿可不会把脚打湿。"

"是这样才怪了！"阿琳喘着粗气反驳道，"这些该死的蕨草尽把雨水往皮鞋里灌，就像用勺子舀水一样！而且雨又下大了！"

"不，这是风吹的。"

狂风挟着骤雨拍在他们的脸上。

"不行了……我的天……"阿琳呻吟道，"我走不动了。我的裙子黏在大腿上了。你确定是这条路？快到了吗？"

他并没有回答，大概是没听见。他们在这条黑漆漆的沙路上步履蹒跚，难免被树根绊倒。

"这儿太黑了，加布里埃尔！你不会走错路吧？你为什么不说话？"

他挽着她的手臂，像是和心爱之人同行那样。她想把手臂抽出来。不，毋庸置疑，他没有走错：他走得很快，很清楚要去往何处。而她在一旁小步快速跟着，像一匹喘不过气的老马。

她突然停了下来，她那已经变形的鞋跟陷进了沙子，她用左臂紧紧抱住一根树干。

"不，"她喘着气说，"我不走了！"

风声凄厉，雨声爆裂，她恐怖而嘶哑的叫声淹没其中：

"救命啊！"

方圆五十米内没有一只人类的耳朵能听到。

"你疯了吗，可怜的姑娘，"加布里埃尔的声音无比平静，"我们已经到了：就在那儿，那是尽头的几棵松树了，你没看见？你没看见那片天空吗？前面白色的地方，那儿，那就是我们家。"

她缓过气来，靠在树上，睁大了眼睛：对啊！没错！马上就要走到树林尽头了。松树到那儿就没了，再走过去应该就是花园。对，这儿还立着堵白墙。的确是墙……她长长地吸入一口气。

"瞧你把我吓的，坏蛋！"她用几乎温柔的语气低声说道，"我就知道你没有忘记梅里亚代克街区朗贝尔街的那间屋子……你还记得我把你当成儿子一样照顾吗？你知不知道我为你花了多少钱！

我把所有的钱都花在了你身上……我们那时候很相爱，对吗，加布里埃尔？"

现在，换作她放心地走在格拉戴尔前面。她急切地跑向噩梦的出口，但她突然停了下来：

"这不是墙，"她抱怨道，"连屋顶和窗户都没看到。你要把我带去哪儿啊，亲爱的？我们在哪儿？"

"这是花园的入口。小时候，我们管这里叫'石头地'。我和迪比什家的小姐们，我们在这儿不知道打过多少次滚！"

"打滚？加布里埃尔，为什么要打滚？"

"嘿，你看那边，别怕。"

他们站在悬崖边，底下是一片昏暗的景象：虽然在夜里，有这些白亮的沙子，阿琳依旧能看见一个混沌世界的缩影，那儿似乎有一些小山丘、一些火山口。

"这是个废弃的采沙场，"格拉戴尔平静地解释，"我们到了。"

"到了？"她不确定地问。

他放开了她。她能逃到哪儿去？现在，他很安心。他任由自己的猎物四下逃窜，他迈开双腿，在一步之外紧紧跟着。

"没错，我的宝贝，我们以前很相爱，在朗贝尔街上；但后来……你没少敲诈我吧……你一根一根地拔掉我身上的毛。我不是在责怪你。只是在二十五年后的今天，这最后一次勒索，你还想对我这只老公鸡做些什么呢，你说说看啊，亲爱的？"

她转过身，迈着笨重的步子，在树林里奔跑起来。他没有追她。她在一片黑压压的荆棘中狂奔，直到叫声戛然而止，她摔倒了。她在装死。她就这样一动不动，待了好一会儿。水流声震响，树梢窸窣晃动，除此之外，只有她的牙齿在咯咯作响。或许他跟丢了。或许他在黑暗中迷了路。可是突然，一道刺眼的光穿破黑夜，照在她身上，随后熄灭了。树枝嘎吱作响，恐怖的声音在她耳边响起：

"手电筒还挺方便，是吧？"

她的脚踝被两手抓住。他站在她的双腿之间，拖着她的身体，像是在抬担架。她紧紧抓着树根、树干和荆棘。她的喉咙里发出嘶哑的喘息：她再也叫不出声了。终于，他停下了。

"站起来，宝贝！"

见她没有动静，他便往她肥胖的身体上随意踹了几脚。她突然坐了起来。他们到采沙场边缘了。于是，他搂着她的腰，紧紧贴住她，像是在跳舞。他用无比自然的语气说道：

"你瞧，阿琳，我们小时候，就在这个地方，我握着迪比什家两位小姐的手；我告诉她们'抓紧我'，然后我们全速滚下去。瞧，就是这样！"

他把她向前拖，一直拖到斜坡上。她立刻大叫着摔倒在地。他勃然大怒，手脚并用地推着她，如同在推一只大桶。被推到坡底时，她已经喘不上气了，有些神志不清。他安逸地躺在她身上，把全身的重量都压在上面。他曾无数次在脑海中演练勒住她脖子的动作，这一次，他终于做到了，而且做得不紧不慢。他本可能会早早地松手，然而，一股惊人的力量从他的手指里迸发而出。如果不是雨水太凉，他还会继续勒下去。他掐着这具尸体，不愿松手。

他缓了口气，事情还没结束。他浑身上下都湿透了——雨水和汗水夹杂在一起。他确认了一下，昨晚之后没人动过挡在洞口的那些木板。从前，工人们会来洞里避雨。他走进洞里，用手电筒照着：这该死的雨不知道从什么地方漏了进来，聚在他昨晚挖好的坑里："这是她最后一次洗澡了……"突然，他感到疲惫不堪。他又走到"担架"中间，拽起她柔软的双腿。被拖着的人已经不再挣扎。可她脚上的皮鞋少了一只。他得拿着手电筒再回去找。找不到就不能离开……终于找到了，鞋后跟都已经变形了……

多亏了他昨晚的辛苦劳作，现在，他不用费太大的劲。填坑是小事一桩……挖坑才是苦差事。可他还是累得喘不上气，四肢发软，就跟断了似的。他把之前的烂麦秸重新盖在坑上，还堆了些老蕨草……绝不会有人来这个角落。这铁锹怎么处理？他取下铁锹柄，把它埋进土里。至于铁锹头，他知道巴里昂河底有个坑，没人会找到那儿去。他花了好大力气才重新爬上斜坡！雨一直下个不停。格拉戴尔已经筋疲力尽……似乎有人指引着他来到这里……可从此以后，这一切都结束了，他不再需要任何人。他在被雨水淹没的黑暗中行走着，胸前紧紧抱着的铁锹头有些割手。他刚到利奥雅特的那晚就走在这条路上，当时的月色很美。而今晚，眼前的世界只剩下黏稠的污泥与漫天的流水。到巴里昂桥了，他得继续往下走，直到脚踝没入草地。他把脚抽出来，发出拔火罐一样的声响。他把铁锹头扔进水流，重新上路了；他一看就是一副犯了罪的模样。他内心的仇恨一笔勾销。二十五年来，他心中的仇恨一点一滴不断累积，如今一下子荡然无存。他仿佛回到了二十岁那年，在朗贝尔街的房间里呼呼大睡！他又看到了那片脱落的墙纸，上面沾着蚊子和臭虫的血渍。他常常守着阿琳的客人离开，好去她的屋子里取暖……那又如何？为了不被她杀掉，他杀了她。还要找什么借口呢?

　　可是,罪恶的力量不再支撑他。极度的恐惧一点一点侵蚀着他混乱的思绪。一种前所未有的孤独感压倒了他。孤独! 他身体里那股炽热的力量去哪儿了?那神秘的向导、阴险的声音、如影随形的参谋去哪儿了?从前,他像个盲人:紧握牵引绳,被狗引着走。而现在,狗咬断了绳子,盲人重见光明,即使置身黑暗,他仍然能看见。

　　他等待着捕猎者的到来。猎人会搜寻、会觉察、会嗅到一些踪迹,猎犬的吠声终究会逼近。他们马上就会发现第一条线索,会在报纸上刊登几句相关报道,暗示有可疑的目击证人。他们会提请调查。而他会接受审讯:可能是一个小时、两个小时,甚至是一整夜。刽子手们会轮番上阵。他最终会消耗殆尽,然后屈服。而突然间,他的一生,那阴暗丑陋的一生,将被公布于众……安德烈斯也会知道! 可假如阿琳得逞,孩子终究还是会知道……

　　要是没有这无休无止的雨,他就会横躺在马

路中央。他来到神父住宅前。啊！要是他胆子再大点，敢去敲门就好了！他蹲在被雨淋湿的房门口，用手轻抚门沿，仿佛在抚摸人的脸庞，用指尖触摸着它的纹路。

十五

屋子里的人都睡了。他双手提着鞋子，像是提着两块泥。他的卧室门缝下漏出了一线光。难道是忘了关灯？他打开门。有人正跪在阿迪拉的祭台前。玛蒂尔德站了起来，默默地看着他。见玛蒂尔德在房间里，他很开心。他浑身哆嗦。

"我好冷，让我上床休息吧。"

他用乞求的语气说道，听起来有些可怜。他扯下湿透的衣服。她转过头去，闻到了湿羊绒和汗水的气味。他将鸭绒被往上拉，盖住了脸。玛蒂尔德只能看到他颤抖的脑袋和几绺花白的头发。他说：

"你去拿我的鞋，把它们刷干净。再把我的衣服藏好。"

她终于可以开口说话了。她问他干了什么，从哪儿回来的。他回答说：

"我从'石头地'回来……你记得吗？以前，我抓着你们的手，你和阿迪拉……（突然，他压低了声音）我保住了自己的性命……这是我的权利，对吧？"

他用恳求的语气问道。他的脸从被子里露了出来，脑袋瓜像个老头似的。玛蒂尔德问：

"这么说，我成了你的帮凶？我是你的帮凶吗？"她茫然地重复说："当然，因为我知道……"

"没人看见过我们……她住在一间带家具的出租屋里……她和那女房东闹得很僵，从来不说自己的去向。就算桑福里安的那些信被人找到了，信上也没有任何信息。如果事情败露了，他是不会想掺和进来的。无论如何，你得让他打消这个念头。阿琳只身一人，她没跟任何人待在一起。警察会去找她，也可能会来审讯我……管他呢！我反正一直待在这儿……"

"德多尔特侯爵那边呢？"玛蒂尔德突然发

问，"这一切都是他策划的，他总该知道阿琳来利奥雅特了吧。他会帮着司法机关追查线索，更别说他还恨你……"

加布里埃尔忍住没有大喊，他在床上坐了起来：难以置信，他竟然忘了侯爵……

"他没有证据。我可以不承认……"

玛蒂尔德耸耸肩：

"想得倒是挺好！你以为找不到她的行踪吗？不可能没有车票吧？总会有人看见的。总会有某个人看见了什么。"

他含糊其词：

"我不想走了……我就在这儿等着，待在窝里……"

玛蒂尔德在床边坐下，没有看他，她问道：

"你把那个女人怎么了？"

"我们吵了一架。她是来害我的，对吗？我没想着要……但一看到她那厚颜无耻的样子，我就被愤怒冲昏了头脑……"

他已经开始撒谎了，已经在为自己辩护。他

回想着那些能够减轻自己罪行的细节：

"证据就是我身上没有武器。"

"没错，可是昨天夜里，你为什么拿着铁锹出去了？"

他看向玛蒂尔德，眼里满是恐惧和仇恨：

"怎么？你监视我，你也这样？那又如何？你要告发我吗？你可得小心点，亲爱的……"

她把一根手指放在嘴唇上。走廊里有人捂着嘴打了个喷嚏。她微微打开门：

"是你啊，卡特琳？对，加布里埃尔来找我。他发高烧了，不太舒服。我想给他拔火罐。我记得火罐应该在你父亲的房间里，对吗？你能帮我拿过来吗？别把他吵醒了。"

格拉戴尔听见了卡特琳的声音：

"今天他看起来不像是生了病的样子……"

"他吃完饭就去睡觉了，现在都快烧到四十度了。"

卡特琳说她会去找火罐的。门还略微开着。格拉戴尔松了口气——玛蒂尔德加入了游戏，她也开始撒谎了。她把湿衣服放到卫生间的暖气片上。卡特琳拿着火罐回来了，玛蒂尔德隔着门向她道了谢。小姑娘走远后，她将一张报纸铺在地板上，再用一把老旧的铁制裁纸刀刮掉了鞋上的泥。格拉戴尔含糊不清地向她道谢，她咕哝道：

"我是为了安德烈斯……"

就算是为了安德烈斯，对他来说又如何呢？他不再是孤军奋战。眼下，他已是强弩之末，一文不值。她突然发问：

"你到底打算怎么办！你事先有计划吗？"

当然，他有个计划——吓唬老头。对，把他吓死……这听起来像是在开玩笑！

"可你知道的，阿琳不会来了，也不会给他回信……他没有任何证据来指控我……他只会觉得我无人能敌，是我操控着游戏。他撑不住的……"

玛蒂尔德耸了耸肩：这人太幼稚了！可现在的情况确实如他所料。有什么变化吗？

"玛蒂尔德，我不再是原来的格拉戴尔了。我被毁了……不，我并不幼稚。我知道我在说什么：我会搞定他，会很快的，而且不用我亲自去做……"

"浑蛋！你觉得我会由着你乱来吗？"

她意识到自己反抗得太晚了。再说了，这也没什么要紧的：桑福里安还安然无恙。至于这个牙齿打战的男人，他已经无法再伤害任何人了。可他重拾信心，不停地说着：

"没错，吃过饭后，你就让我去床上躺着，你照顾我，这么说来，你就没离开过我。还好卡特琳没听到我出门，热尔桑特是个聋子，她也没听到，而女佣们都睡在佃屋里。我没去过车站。我确定，雨伞把我遮得严严实实。站长和工作人员都戴着兜帽，他们一心想着避雨……"

她听他说着，隐约有些失望。她对这个懦夫有过什么期待？眼下，在这个筋疲力尽的家伙面前，她还能失去什么？她信任过他，他看起来很强大，承诺要给她幸福；他承诺要带你走上坦途，不会犯什么大错，也不会做任何需要忏悔的事情。可是，目的地的光景对她来说太过美好，她甚至不敢去想象。玛蒂尔德难道是恨他犯了罪吗？如果这个家伙功成身退，她还会这么瞧不起他吗？她厌恶的到底是罪人，还是失败者？

　　"我在想，玛蒂尔德！我想起来了：她和德多尔特侯爵私下里没有直接联系……她亲口告诉过我，他害怕流言，所以他们之间的关系很复杂，所有事情都是靠中间人转达的。在这方面，我们可以放心了，他不会乱来的。"

　　"没完没了地说这些有什么用？"玛蒂尔德厉声打断了他，"只能静观其变了。倘若无事发生……一切都会重回正轨，就当没人在利奥雅特见过你……总之，我以前对你的看法很奇怪……当然了，我以前就知道你是什么样的人。但是，我现在才发现，曾经的我竟然以为，你有某种不明的能力，某种说不清的力量……我以前是多么幼稚啊！不管你昨晚干了什么（我不想知道，你说的这些我一个字也不信，而且，你不许再在我面前提这件事）——不管你干了什么，你也不过是为了保住自己的性命，你经受不住敌人的攻击，才慌了神、失了智。可怜的家伙。"

格拉戴尔坐在床上，安静地注视着她，忍受她的指责。他现在不冷了，也放心了。哪怕是最坏的情况发生了，玛蒂尔德的证词也能救他。他的脸上恢复了血色。他渐渐从麻木中缓了过来。现在，蛇躲进了安全的地方，它冻僵的身子变得暖和起来，又从被窝里探出银灰色的小脑袋。面对玛蒂尔德的鄙夷，他的反应很强烈。他没搞错！但他没想到她会这么主动地上钩，这把他也吓了一跳。好吧！不过，她不会失望的。不能让她失望。他会继续走自己的路。这个女人想要从他这里得到的一切，他都会一一满足。幸亏她没有对他表现得很温柔，否则会让他倍感恐惧，让他变得虚弱……反而是这种带有轻蔑意味的恻隐之心在鞭策着他，推动他前进，帮他克服这种近乎性爱后的疲惫……阿琳的死无足轻重。这点他很清楚。无非是一个下流的女酒鬼进入了虚无世界，好比一只癞蛤蟆被水蛇吞食。难道在普世的秩序中，昨晚的死刑是一件多么要紧的事情吗？大概是他掺杂了太多的情感，那又如何！谁能内心毫无波澜地杀死一个女人呢？

"我的小玛蒂尔德，"他沉默了好一会儿后说道，"我只是身体虚弱，你就对我妄下断言。你放心，我们一定会坚持到最后。"

她激烈地反驳道：为什么要说"我们"？她和这一切有什么关系？

"你真虚伪啊，亲爱的，和所有女人一样……不过这无所谓，你让我意识到自己重任在肩……当然了！是对你负责，也是对安德烈斯负责。"

他假装没有听到她的反驳，继续说：

"啊！再说了，现在只能等等看，接下来该怎么做，得视情况而定。如果什么也没有浮出水面，我们就能平安无事，很快就能……就算我被审讯了，你也能帮我脱身……我已经准备好了……"

玛蒂尔德低声问道：

"他们会不会找到她在哪儿……不！别告诉我！千万别告诉我在哪儿！你就说，这事你有没有把握？"

他暧昧一笑。

"我们小时候玩耍的那些地儿，再没什么地方能有这么神秘、隐蔽了，"他说，"你还记得那天吗？在巴里昂河中央的'荒岛'上——我们管它叫'漂亮岛'——我们找到了一个捕鸟器，那时候我们都惊呆了。阿琳所在的地方，在我看来之所以如此难以靠近，或许只是因为我觉得，自打小时候起，那儿似乎就什么也没发生过。那时我牵着你和阿迪拉的手，拉着你们爬上斜坡……"

"'石头地'……"玛蒂尔德低声说。

"对，就是'石头地'：她配不上这座坟墓。应该是我们，我们仨才应该在那儿安息，那块光脚踩上去暖和又细软的沙地……总之，等等看吧。但我不能什么事都盯着，你盯着点安德烈斯，我不放心他。"

"他一直就那样。"

"他就这样头脑简单、直来直往（这不是在骂他），他这样的人最承受不了爱情的分离与诀别，尤其最不怕死……因为对他们而言，死亡唯一的好处就在于能帮助他们实现梦想：再也不用承受人去不归的孤独。总之，你得盯着他。"

玛蒂尔德一只手放在门闩上，转身说道：

"我也许比你更了解他吧！他在情欲方面有些受挫……是有这个可能。但如果你认为他爱得炽烈，甚至偏激，我可要笑了。而且，该说的不是这个！昨晚，你怎么敢……"

她离开房间后，格拉戴尔意识到，他刚刚谈到安德烈斯时，就跟什么都没发生过一样。如果司法部门来找他麻烦，他具体说什么并不重要，重要的是，他该如何保持这种轻松而若无其事的语气。他太疲倦了，很快便睡死过去。此时此刻，就连阿琳的尸体也不会比这个筋疲力尽的男人更瞎更聋了。他仰着头，张着嘴；那双甚至还没洗过的手交叉放在胸前。

十六

"小拉叙斯捎来了神父先生的信。"

格拉戴尔仔细看着女佣的脸，这是他今天看见的第一个人……她的神情同往常一样，这让他放心。可这封信令他担忧：以现在的情况，他一定是疯了才会向神父袒露内心，甚至还不是在忏悔室里。然而作为神父，他需要对忏悔的内容保密，不然会危及所有他接触到的隐私。他不担心，神父绝不会成为控方证人。然而，要打开这封信，他是多么不情愿啊！或许这只是一封简单的回执？他还是决定看看：看看神父写的那些套话！

一个人的生命再复杂，他的故事都不会让一个知晓人类的人意外。甚至说得有些过了：知晓自身便足矣。先生，我们不需要对任何事感到意外，除了这个奇迹——您只用怀着一颗补赎和忏悔的心，跪着向我再讲一遍所有那些藏在小练习册里的秘密。这是为了让压在您心头的石块被彻底清除，除了多出几块伤疤之外，您的心灵将会同孩子一般纯净。

不，您并没有被诅咒；任何生灵都不会被诅咒。您需要知道，您曾受恩于崇高的圣宠：您想想，大多数虔诚的灵魂都圣洁地活着和死去。除了信仰所揭示的事物外，他们不会意识到其他超然物外的存在。可您，先生！既然上帝和人类的敌人真的存在，那其他的一切也都存在；您为何不跪拜上帝呢？您的妻子阿迪拉，您可能会从她那里得到救赎，她的故事让我这位不称职的神父也豁然开朗——最开始阅读这本册子的时候（我必须羞愧地承认），我感到心神不宁。但我们需要着眼于生命的终点；死亡照亮了我们的生命。这个可怜的灵魂之所以升得如此之高，正是因为您曾让它落得太低。没有罪恶，又怎能彰显她的价值？您曾是，且将永远是这位殉道者、这位圣女的丈夫，您明白吗？（您当然明白！关于这一点，您已经写得非常清楚了！）

　　格拉戴尔一边读信，一边感到怒火中烧，他一向无法长时间压抑愤怒。看到"圣女""殉道者"之类的字眼，他再也读不下去了，于是撕碎了信，把纸屑扔进了壁炉里。他站在镜子前，凝视着这个消瘦的男人，他穿着睡衣，头发散乱。他猛吸了一口气，喉咙里发出几声沉闷的咳嗽——他有支气管炎。他的肺很好；他重新恢复了生命力，除此之外，还有一种奇妙的青春活力在他的血液里沸腾。他觉得没有什么是他做不到的，他确信没有事情是他办不好的。玛蒂尔德进来的时候，看到他穿好衣服、准备战斗的样子，吓了一跳。他用双拳捶了捶胸口，愉快地说：

"我复活了，对吗，妹妹？"

她没有回答，把脸转向一边，面色痛苦而绝望。她彻夜未眠，铁青的脸上还有些蜡黄色的斑点。

"如果你生病了，我肯定会照顾你。"她终于开口说道，"既然你现在已经康复，那么我想告诉你，我不会再踏进这房间半步，我再也不想听你的秘密了。我能做的，就是装作不知道，忘掉我知道的那些事情。愿上帝可怜我！现在，你休想我再向前一步……"

"所以是怎样？眼看事情就要成了，你却泄气了？"

"我们俩之间有共同之处吗？我可没有什么企图。"

正当她走到门口时，他低声说道："安德烈斯……"她转过身来，愤怒地说：

"你从我这儿夺走了他……我失去了他，对，失去了。他曾经是我的儿子，我心爱的孩子。你来了，你让原本清澈的心灵变得浑浊，你毒害了我们。现在他躲着我，我敢肯定。今天早上，我还想进他的房间，可他把我赶了出来。他害怕见到我。关于我，你向他暗示了些什么？我猜到了：一定是某天晚上，你让我故意听到的事情；是你话里有话……现在好了，我和他都不敢对视了……真不是时候！可怜的孩子刚被那个女人抛弃；他为那些随时可能发生的事情惴惴不安，因为你的罪行终将败露，浑蛋！杀人凶手总会被抓到的。"

格拉戴尔抓住她的双臂，摇晃着她：

"好了，你说完了吗？你会被听到的……怎么了？我难道不是正当防卫吗？傻瓜！所以你以为犯罪案件就只有报纸上的那些吗？你知道没有侦破的谋杀案比例有多高吗？我，我知道：海里的鱼可比警察罗网里的鱼多得多……至于所有那些逍遥法外、销声匿迹的（数不胜数的）鱼，你一概不知。"

虽然她还靠着门杵在那里，可她并没有在听他讲话。她用那件棕色的旧晨衣紧紧裹住自己姣好而丰满的身体，目光呆滞。她摇了摇头，支支吾吾地说：

"我不想这样……我不想……我不知道怎么会……没人帮我……没人！"

"没人帮你？"

他心软了，神情悲伤而讽刺地注视着她。

"没人帮你？"他重复道，"真是瞎了眼了！"

她以为他在说他自己，于是向他抗议道，她再也不想和他有任何瓜葛，她鄙视他所有的提议，她厌恶他。也许，她以为他会打她。然而，他并没有失去理智，他向她保证，他想到的是另外一个人。

"我想到这么一句话：'有一位站在你们中间，是你们不认识的……'[1]看得出来我上过神学院，对吧？在利奥雅特有一个你不认识的人。你去找他吧：我允许你告诉他一切，是一切，你听明白了吗？甚至是昨晚发生的那些。"

---

1 见《约翰福音》第1章第26节。在回答法利赛人时，约翰如此描述耶稣。

她以为他在胡言乱语。可是，当他语气平静地说出富尔卡神父的名字时，她显得有些不安。

"他能受你敬爱，"她说道，"这不是什么好事。"

他从牙齿缝里挤出两个字："傻瓜！"突然间，他勃然大怒。

"你说得没错，别去找他。我在想些什么呢？他是镇上的笑话。嘲笑和耻辱让他难堪重负。他就是个懦夫：人们肆意羞辱他，可他默不作声。[1]哪怕把他带去行刑场，他都不会发出一点叫声。有些人控诉他各种各样的恶行，虽然这些都是他们自己偷偷在干的事，但他甘愿承受所有的罪名。他想大喊不是他干的，可他忍住了：他是可怜的败类，是受所有人嘲笑还逆来顺受的出气筒。他独自待在教堂里，念着祷文。他的那些好教民就跟你一样，躲着他、鄙视他。甚至他的上级都在怀疑他，因为他身陷丑闻之中……什么？"他困

---

1 见《马太福音》第27章第39—44节。当耶稣被钉在十字架上时，旁观的人都在肆意羞辱他，因为他不能救自己。

惑地用手揉着眼睛，继续问道，"什么？你说了什么？"

他发现玛蒂尔德早已不在房间里了。

十
七

周四晚上，火车晚点了很长时间。将近十点，德巴才听到他等候已久的汽笛声。火车车轮在铁轨上滑行。二十分钟后，阿琳就会踏上院子里的台阶了。

再过一个小时，一切都将大功告成。格拉戴尔会有所怀疑吗？卡特琳确信，吃饭的时候才能看到他。但他不是那种坐以待毙的人。既然已经再无可失，他还有什么退路可言？

老头怕得发抖。人们觉得，只要提前谋划好，事情就会如愿推进。可真到了那天，它会变得陌生，甚至与预期大相径庭。应该相信，格拉戴尔会从睡梦中惊醒……可如果真这么想，就是不把他的预知本能当回事。他们这类人，正是在事物发展的必然规律中一次次开发、训练出自己的预知本能。

德巴走到窗户边，拉开窗帘。可外面的窗板是关着的，他不想费力气打开它，便放弃了。他略微打开门，前厅的吊灯照亮了半边走廊。他走进走廊，再走下几级台阶，斜靠在楼梯栏杆上。他看到安德烈斯坐在那张堆满杂志的桌前，胳膊交叉，支在一张铺开的报纸上，挡住了脸。

老头躺回他的安乐椅中；他的呼吸有些急促，刚刚走的这几步倒没什么，主要还是因为担心即将发生的事情。听到院子里台阶上的脚步声，他害怕得要命。他又站了起来，靠着椅背。卡特琳独自进来了。

"根本没看见这个人。"她一边脱掉大衣，一边说道。

"你到处看过了吗？这个酒鬼可能喝醉了酒，在哪儿睡着了……"

卡特琳确信自己把所有的车厢都一一找过了。而且不管是一等车厢还是二等车厢，里面一个人影都没有。德巴松了口气：计划延期了，今晚什么都不会发生。他放下心来。

"很简单，她应该还生着病……让我诧异的是，她竟然连电报都没发一封。可能她觉得这么做有些冒失。好吧，遇到这种女人，什么也指望不了。难道你不这么想，亲爱的？"

他看着卡特琳阴郁且若有所思的脸。他突然叫道：

"你是不是知道些什么！"

她迟疑地做出一个否认的手势。他催促她赶紧说。

"别担心！别这么激动！"她低声说，"答应我，理智点，别激动，好吗？"

她也掩饰不住自己的痛苦。

"好吧！是这样的……火车晚点了很长时间，我就跟好几个等着买报纸的人聊了会儿天……特别是跟皮贝斯特小姐，在邮局上班的那个。"

她稍做停顿，听到父亲嘶嘶的呼吸声。想瞒着他可需要点勇气……眼下最好还是快点说完。

"我跟她聊起接到巴黎打来的电话。她跟我说，在利奥雅特，她没什么机会接到……"

桑福里安已经猜到了。卡特琳话音未落，他已经挨了当头一棒。卡特琳接着说：

"这周一，我们没有巴黎打来的电话。我接的那通电话，是从吕格迪诺斯的邮局打来的。"

好一会儿，老头都一言不发。他低声咕哝道："但那个声音呢？那砂糖般的声音……"卡特琳耸了耸肩：他忘记了吗？安德烈斯有天说过，他的父亲模仿什么声音都惟妙惟肖，还很"滑稽"。

"这么说来……也就是说……她可能周一晚上就到了……不！我真蠢！他一定是以我的名义，从吕格迪诺斯给她发了电报……不让她来……"

卡特琳回答道："没错，有这个可能……"然而他发觉，她一点也不相信他的推论。她微微推开门，从底楼传来了某种轻响。

"安德烈斯在做子弹，"她低声说道，"这家伙也得有人盯着。昨晚我提醒过妈妈，你知道她是怎么回答我的吗？她说，他在躲着她，她一进哪间屋，他就从哪间屋里出来……"

"你母亲……"德巴打断她说。

"没错，当然了！是她出卖了我们。这就是你的教训！"卡特琳愤怒地说。

沉默良久后，她继续低声说道：

"周一晚上，她待在格拉戴尔的房间里，一直待到第二天，说是在照顾他。格拉戴尔生病了，她是这么告诉我的；应该说，根据我在楼梯上的观察，他的脸看起来很红，似乎真的发烧了。我只好给他拿了火罐。"

"那要是他吃了晚饭之后出过门，你应该听见了吧？"

"不好说……你记得吗，那天晚上，我们几乎没什么戒备。因为不用在那鬼天气去车站了，我高兴得昏了头。"

老头问她："你怎么想？"她没有回答，只是稍微挪了挪胳膊。

"要是那个女人按照你们的约定，周一晚上就来了……"

桑福里安·德巴哑口无言，寻找着女儿的目光。冬夜的寂静包裹着他们。卡特琳想要扶她父亲上床，她每天晚上都会这么做，可他不同意。他不想睡，如同一个受惊的孩子，惴惴不安。他用一种近乎小孩的声音悄声说道：

"有人上楼了。"

"你太紧张了，可怜的爸爸！"卡特琳嘟哝道。她微微打开门。

"是妈妈要去睡觉了……不，她往这儿来了。"

桑福里安低声说道："让我来会会她！"面对进来的这个女人，两人沉默不语，感到有些惊讶：她的脸庞熟悉而陌生，眼神好似在梦游。她的脸上满是黄斑。一只发夹从她松垮的发髻中露了出来。

"我的小卡特琳，你得去陪陪安德烈斯，不管找什么理由，让他说说话，刺激刺激他，逼着他撒撒气。他越来越沉默了，我有些害怕。"

"嘿！"德巴打断了她，"你去陪安德烈斯就好，别麻烦卡特琳。我呢，你以为我不需要人陪吗？我不也在受人威胁吗？你心里跟明镜似的，可别演了！"

他双手扶着椅背，半挺着身子，又坐了下去。玛蒂尔德像是没听见他说的话，自顾自地继续说：

"求求你了，我的孩子。去找安德烈斯吧。换我来照顾你父亲。"

"噢！千万不行！"老头大叫道，"你会把我卖给……"

他既生气又害怕，说话都有些结巴。卡特琳犹豫不决，向门口走去。

"自从你做了这些事，"她终于开口对母亲说道，"每当我想到你和那个男人狼狈为奸……我就一点也不踏实……"

"卡特琳，他可是安德烈斯的父亲啊，你想想吧！"

"那又如何？我们折腾一番是为了什么？不就是为了把他赶走吗？那样就再也不会听到有人谈起他了。这对安德烈斯再好不过……"

"有些事情你还不知道，亲爱的，"玛蒂尔德突然打断了她，"如果真的只用把他赶走就好了！可是有人想要他的命。那个女人要出卖他。我担心安德烈斯的声誉……我以为我有义务把事情告诉格拉戴尔，可我没想到，这会让安德烈斯的处境更糟。我以为提醒了他父亲，他就会逃走，然后我们就都能摆脱他，同时，他也会躲起来……我以为这是最好的办法……可我没想到……"

突然间，她发现桑福里安和卡特琳焦虑的脸都凑向了自己，他们紧盯着她的嘴唇，期待着她即将揭露的事情。她用手摸了摸眼睛。

"不，不是，我什么都不知道，我知道的不比你们多，我向你们发誓！我只是感到害怕；我在想，会不会发生了什么事情。"

她跌坐在椅子上，另外两人都等着她再说些什么……可她呆若木鸡。她隐约感觉到，卡特琳在和她父亲小声争吵：

"你跟我保证过，只是赶他走……"

"我不需要知道那个女人想对他做什么。这跟我没关系，我也不感兴趣。"

"一切与安德烈斯有关的事情我们都得上点心。"

"那是你，小傻瓜。"

卡特琳提高嗓门，转身面向母亲：

"好了！妈妈，你就待在这儿，我下楼去看看发生了什么。"

她快步走下楼梯，父亲冲她喊道："不准留下我一个人！"可她假装没有听见。她打开前厅的吊灯，穿过敞着大门的餐厅，钻进了一个小房间。迪比什一家总是戏称这里是"军火库"，因为里面放着他们的猎枪和弹药。

墙上的架子上挂满了各式各样的枪：有从枪管装弹的"活塞式"老枪，格拉戴尔的老爹用这把枪打山鹬时从未失手；有迪比什家族一位曾祖父用过的勒福舍[1]枪；还有中发式步枪、内置击锤步枪和各种最新款式的步枪……安德烈斯伏在一张白木桌上，正往弹壳里装配火药和铅弹。他抬

1　卡西米尔·勒福舍（Casimir Lefaucheux，1802—1852），法国著名枪械制造师，据说梵高自杀时所用的左轮手枪即由他设计。

起头，看了眼是谁进了房间，表现得无动于衷。他的脸庞消瘦、嘴唇干瘪、眼神空洞，表情看着如同不愿进食的动物。

"从今天早上起，风向就变了，"卡特琳说道，"明天，我们可以去打山鹬，如果你愿意给我做几发子弹的话……"

他往柜子里看了看，用疲惫的声音回复道：

"还剩些子弹，够你用了。"

"你介意我陪你一会儿吗……"

他耸耸肩，低声说：

"我无所谓！"

她镇定自若。他停下了手上的工作，玩弄着一只空弹壳。突然，他没好气地问道：

"有必要这样盯着我吗？"

她打了个哆嗦。

"我需要面对很多事情，安德烈斯。我之前的态度不是很友好……但我得承受很多事情……"

"我们都一样……"

"可让我最无法忍受的，"她继续说道，"是看着你煎熬。"

她哭了。他又看到了小时候受他欺负的那个孱弱姑娘哭丧着脸的模样。可过去这么多年里，他面对的始终是她那张或幽怨或讥讽的脸，以至于他已经忘了那张孩子一般皱成一团的脸了。他想找话说，而卡特琳奇怪他怎么还没对她动粗。他终于开口了：

"别为我担心，对我来说什么都无所谓了。"

从他们住在同一个屋檐下起，这可能是她第一次听到他对生活发表感慨：

"这一切都太可怕了，你不这么想吗？"

他只是在想他心爱的女人吗？他大概也在想他那个浑蛋父亲。卡特琳思忖着，由此看来，他这几天一定备受打击。他们之间到底发生了什么，以至于他再也无法忍受他的玛蒂姨出现在他面前？

"可是，"他沉默了一会儿后继续说，"如果走投无路……你还会害怕死亡吗，卡特琳？"

"我自己不怕，但我害怕别人死去。"

她突然走到安德烈斯身边坐下，紧挨着他，挽住他的胳膊。她反复说道：

"别，安德烈斯！别想这些！答应我……你向我发誓……"

面对她的热情，他很意外，也有些困惑……他没有推开她。他想到她毕竟是个姑娘。而她出于本能又抽回了手臂，走到桌子对面，斜靠在墙上。安德烈斯再次把胳膊支在桌上，双手托着脑袋。在他身后，枪管微微发亮，屋子里弥漫着一股润滑油的气味。

"我想跟你说声抱歉，"年轻姑娘终于说道，"我之前那么做不对，很可恶……可是！可是！希望你能理解我：你和妈妈，你们待我太狠心了，就好像我根本不是个人……你不可能明白……现在，这一切都结束了，你看！我现在和未来拥有的一切，都是为了你……"

他一脸茫然地抬起头。他反驳道，她现在拥有什么，未来又会拥有什么，他根本不在乎……他们都以为他和他们一样，一心只想着土地，只爱土地。但他有多么不在乎土地，他的父亲一清二楚。

"当然，我和这些田产密不可分，只有我对它们了如指掌。我划定了所有的界标，只要我在，没人会乱动它们的位置。我了解那些佃农，他们也了解我。我不是他们的敌人。我自己也很清楚，什么叫坚守本分。实际上，他们和我没什么两样。我不会在心里窃喜："我拥有这一切……"我可怜的姑娘，你不知道我有多么不在乎！我脑袋里装着别的事……"

"别的事？"卡特琳毫不客气地打断他，"你是想说某个人？可我不会怪你。"她激动地继续说道："其实，我也能理解，如果你愿意……"

他耸了耸肩，看起来有些不耐烦。

"不是你想的那样。如果我可以自由自在地去想……那个人的话，我就不会抱怨了。因为我没有什么好失去的，只要……（他犹豫了，在构思措辞）怎么跟你解释呢？有些伤心事，会因为另外某种不幸降临在我身上，而好像突然变成了开心事。不瞒你说，因为她，我曾经感到很痛苦，痛不欲生。对不起，跟你讲这些……"

她低声说道：

"为什么要说'对不起'？这没什么；再说了，这些事情我都知道……"

他继续说：

"可是，有件事让我变得不再悲伤，忘了那件伤心事……"

他猛地站了起来，抓住她的肩膀：

"你，卡特琳，你掺和了所有这些事情。告诉我，这个家里到底发生了什么？"

她不知所措，一声不吭。

"你瞧瞧，你都不反驳……"

他质问卡特琳，一个小时之前，老德巴质问卡特琳时也说了一模一样的话：

"你知道些什么！告诉我你知道的事。"

他并不习惯解读别人脸上的表情，尽管如此，他仍然在她躲闪的神色中读出了同情，他感到有些难受。

"你不想回答吗？"

他没有再坚持，可能是出于恐惧。他走回桌前坐了下来，把玩着那些空弹壳。卡特琳远远地注视着他粗壮有力的手不安地舞动着。他突然说道：

"你知道他对我来说曾经意味着什么吗？你们恨他，瞧不起他，而我，我和你们不同，我爱他。我时常会想到他充满爱和幸福的生活，和我们的生活截然相反。你的父亲只想着挣钱，可他，他把钱都变成了快乐。这简直不可思议，我似乎把父亲当作我的弟弟。他拿走了我的一切，可我还想给他更多……这不是因为我心地善良，而是因为当他告诉我，他会百倍偿还我的时候，我相信他。一直以来我都相信他，对他言听计从，我希望被他疼爱，我真是只可怜虫。我以为他会爱我……不是玛蒂姨那种自私的爱……他想带给我幸福……我把所有的事都告诉你了，可也许你无法理解吧？……都说他是个坏人……我知道……我还觉得这是个美称。他是坏人吗？没错，他寻欢作乐，为爱终其一生……但至少，对我这样孤僻的人来说……"

卡特琳屏住呼吸，不敢打断他说话。她的眼神也有些闪躲。

"我还是能听懂一些话的，比如桑福里安姨父嘀咕的一些咒骂、一些含沙射影的话……我把所有这些压在心底，强迫自己不去胡思乱想。可我不是不知道利奥雅特人对他的看法……然后，突然间，某天晚上，他跟我说了件事，这事情太离谱了，你甚至无法想象，我不能理解他在说什么……没错，突然间，我看清了、听清了这个我从前不了解的男人，我以前不相信他是那样的人。突然间，他在我面前显形了——你眼里的那个他，你们所有人眼里的那个他……真是幡然醒悟！从那以后，那些我曾尽力不去想、不去看的东西，都昭然若揭、别有深意……我就像一条四处嗅闻的狗，可是又害怕自己嗅到的东西。我们所有人都被卷入了这件事。不过，只有我在夜里演独角戏。"

她靠近他，一只胳膊环住了他的脖子，温柔地抚摸着他的头发，就像在抚摸一只小动物。他没有抵抗。就在他痛苦不堪的这一刻，她第一次感到了女人的愉悦，一种神秘而模糊的平和感。她胆子更大了些，让他满是鬈发的大头颅靠在自己肩上。

"他会带给你许多忧愁，"她终于低声说道，"这些忧愁来了又去。"她热情地补充说，带着一种反常的激情："抱紧我，躲进我的怀里……"

他轻轻地从她怀里抽了出来。

"我不爱你，卡特琳，"他说道，"我永远不可能如你所愿地那样爱你。"

她僵在那儿，闭上了眼睛，收回来的胳膊仿佛还环在安德烈斯的脖子上。她缓了一会儿，直到能语气平静地回答：

"我明白，没关系的，只要我在你身边，能照顾你就行。"

他没再听她说话，两眼放空。他突然问她：

"你有没有想过，他也许是疯了？没错，我的父亲……有时候，他表现得有些反常……"

卡特琳不敢问："怎么了？他做了什么？"她宁愿说点其他事情。然而今天晚上，安德烈斯突然有了极强的倾诉欲！

"为了让你明白前因后果，我得先跟你说一件事情。我现在才觉得，那时的做法真是太蠢了……我想过让自己从世界上消失……不，先别插话……你会笑话我的！为了不惹麻烦，我想到让自己生病。你知道我很容易生病，对吧？我和父亲在相同的年龄都患过胸膜炎。那时候，克莱拉克还想把我安排进军队后勤部来着，你记得吗……总之，在这鬼天气下——别笑话我——我想到穿着衬衣去淋雨，能淋多久就淋多久。我连续淋了两夜的雨。真是糟透了；我在阳台上进进出出。结果只是上呼吸道感染！最后我自然是放弃了另一个愚蠢的想法：那天我本来还想……"

"你永远不会再想这些了，对吗，安德烈斯？"

他对卡特琳的恳求无动于衷，继续把玩着散落在桌上的子弹。

"行了！你相信吗，我看到父亲出了门，每天夜里……至少，我待在阳台的那两晚他都出去了，外面下着倾盆大雨：你还记得那鬼天气吗？那是周六……不，是周日和周一……我听见他从院子里的小门出去了……"

"你没看见过他。你不可能看见过他。你不可能知道那个人就是他。"

她假装不动声色地说。她别扭地靠在墙上，脸上已经失去血色，可他并没有注意到。

"没错，我当然没有看见他的脸！但是，我能听出他的脚步声……而且，谁会在那个点出门呢？……所以，我去敲了他房间的门：里面没人。后来，我听见他冒着雨回来了！第二天，他很早就出去了……总之，他是在半夜里回来的。闹哄哄的！你也是，你两次经过我房门……"

"是的，他生病了。他那状态出不了门，我向你发誓！"

"那是他运气比我好，而且他不会白白去淋雨……那种鬼天气还在外面跑，你不觉得他肯定是疯了吗？当然，想都不用想，这事跟女人脱不了干系。但他可以换个时间去见她。也许在巴黎的时候，他会在外面跑一整夜，直到早上，然后白天睡觉……即使在利奥雅特，他也克制不住自己……可是，卡特琳，你这是怎么了？"

她跌坐在椅子上，上半身僵住了。她含糊不清地说：

"那不是他，安德烈斯。你不可能看到他；应该说，你没看到他。那两个晚上，你没听见任何人出去。你会这么说的吧，答应我，好吗？"

她惨白的小脸突然斜向右肩。

"卡特琳……你到底怎么了？"

他将她抱到一张破旧的沙发上，他们以前经常在这张长沙发上打闹。她几乎立刻睁开眼，盯着安德烈斯。他跪在她身旁，握着她的手。

"你看到的、听到的那些，是我们俩之间的秘密，好吗？你向我发誓！"

这时，她坐了起来，竖起耳朵。卧室那层楼骤然响起一阵激烈的争吵。

"别去！"她哀求说，"不要，安德烈斯……"

但他推开她，三步并作两步冲上楼去。德巴老头穿着睡袍，靠在楼梯间的墙上，喘着粗气。格拉戴尔双手插在兜里，一边冷笑，一边耸着肩。而玛蒂尔德怒火中烧，朝格拉戴尔大喊道：

"你溜进我丈夫的房间去吓唬他，想把他吓出病来。我说的是把他吓出病来……你可真是个无赖！"

他试图压住她的声音：

"行了！亲爱的，干吗动这么大的火？你这是在装什么呢？"

"你们说话注意点！"卡特琳叫道，"安德烈斯在这儿。"

但玛蒂尔德裹紧她那老旧的棕色羊毛晨衣，把她臃肿的脸转向安德烈斯。他站在下面的台阶上，靠着栏杆。

"算了！"她咕哝道，"他知道就知道吧，也是时候让他明白……"

卡特琳打断了她的话：

"你为什么不肯陪着爸爸？我不是求你别留他一个人吗……"

"是他赶我走的，卡特琳；他不想我待在那儿。幸好我想着起来看看……"

老德巴终于能说上话了：

"就算让你留下，你照样会给他开门……你不是早就背叛我们了吗？……不管那晚发生了什么，你都是帮凶。你和他是一伙的，和这个杀人犯。"

卡特琳尖声喊道：

"你没看到安德烈斯在吗？"

争吵戛然而止。每个人的目光都落在安德烈斯身上，他一直靠着栏杆，一动不动地喘着气，像是一头肩上插着剑的公牛，颤抖着，但没有倒下。只有格拉戴尔背对着他。安德烈斯走近父亲，抓住他的肩膀。

"你耳朵聋了吗？你没听见他叫你什么吗？"

"他平常就这么挖苦我！你应该了解他，亲爱的。如果他觉得我是……他刚刚说的那种人，就让他拿出证据，让他当着你的面告发我。"

　　每个人都察觉到，他说话的内容和语气之间存在着明显的反差，他的语气是多么惨淡、多么绝望。现在，他自己也沉默了。深更半夜，五个人站在楼梯口，每个人都多多少少靠近真相，只有格拉戴尔知道所有事情。可怜的格拉戴尔愣在那儿，目光呆滞，甚至没有意识到身边的人都悄悄离开了。他连门闩的声音都没听到。突然间，他吓了一跳：房间里只剩下他和安德烈斯。

　　"去睡觉吧，爸爸。你发烧了。"

　　"对啊，"他说道，"我着凉了。我本来觉得没什么。可是现在，我的体温每天晚上都会升高。"

　　安德烈斯一直跟着他走到他房门口，突然问道，自己能不能进去待一会儿。

　　"我生病了，还困得不行，"格拉戴尔低声恳求道，"你明早再来吧。"

　　"就一会儿，父亲，然后我就让你睡觉。"

　　他跟着格拉戴尔进了房间，关上门。他四下看了看：

　　"这是妈妈的房间……我从来没在这间房里

见过她……我只记得她在毕尔巴鄂和巴黎时的样子了……我们住在西班牙的时候，你在哪儿？"

他回答说，因为生意上的事，他不得不留在法国。他很高兴能和安德烈斯谈论这些。

"我的孩子，你母亲……有个人，一位神父，前几天他写信给我，说她是'一个圣女、一位殉道者……'"

"为什么说她是'殉道者'？"

他有些窘迫，没好气地回答说，神父总喜欢夸大其词。接着，他冷笑了一声，耸了耸肩，突然说：

"好了！走吧！快出去。我困得不行了。"

"我得先知道桑福里安姨父想说什么……"

"真是的，你还不明白吗？"他不耐烦地说道，"我去他的房间，想和他谈谈塞尔内斯和贝利扎乌田产的事……我应该有这权利吧？他却跟玛蒂姨说我想吓死他……一群疯子，不，是一群骗子！"

"是的，爸爸，但老头刚才冲玛蒂姨喊着，那晚发生的事情，她是帮凶……"

格拉戴尔杵在那儿，手搭在门闩上：

"我没听到他说过这些，"他终于说道，"这都是你幻想出来的。"

他小步走回儿子身边，双手插在兜里。

"行了，我的孩子，你是了解我的吧？我不敢自诩什么人生楷模……我就是个风流浪子，这倒没错……但就凭这个便认定我想要那个坏老头的命……难道人能被吓死吗？你想想，多幼稚！"

安德烈斯深吸了一口气：他眼前这人跟其他人没什么两样。可能这儿的人都有病态的想象力，他自己也在所难免。

"可是，爸爸！你说了些可怕的话……那天晚上，关于玛蒂姨……"

"啊！别把所有话都当真！你瞧，你们利奥雅特人都听不懂玩笑话。"

他坐在躺椅上，气定神闲，抬起头跟安德烈斯说道：

"在巴黎，我们什么话都说，甚至敢说那些最没有分寸的话，真是什么都说，人们都知道怎么应对。但在这儿，每次开玩笑都得解释，真累！噢！你们这儿的人连打趣都听不懂！这就是为什么但凡在巴黎待过一段时间，都会觉得外省住不下去……"

"你刚才该解释得更清楚些，你瞧瞧他们都想到哪儿去了……"

安德烈斯微笑着，放松下来。而格拉戴尔也松了口气：他重新获得了安德烈斯的信任。眼下他得格外注意，别再刺激安德烈斯。要让他什么都明白的同时，还得让他什么都不相信，这很难。必须把这场游戏进行到底。

"这老德巴，他还是老样子！愚蠢、仇恨和恐惧在他病态的脑袋里交织在一起！他们编造的那些我做贼心虚的故事，要是我告诉你，你也不会相信的！更搞笑的是，这故事的源头还是那个老家伙自己的阴谋诡计，你自己来判断吧。"

他凭着灵感，滔滔不绝地讲着。安德烈斯感到他讥讽的语气中带有一丝宽容：

"我不是什么天使。这老家伙还是找到了一

个女人，我年轻的时候曾经和她共度过一段放荡不羁的日子，她手上有我的信……我就不和你细说了！信里写的那些情爱有些露骨！你相信吗，为了把我从这儿赶走，他竟然去找那个老荡妇帮忙……这个老流氓还决意要给她钱，让她来利奥雅特……"

安德烈斯打断了他，想知道是谁给他透露的消息。父亲犹豫了一下，还是说出了玛蒂姨的名字。

"她其实很爱我，这你知道的！"

他忘记了，就在刚才，玛蒂姨还当着安德烈斯的面骂他无赖。可安德烈斯记得。不过，他没说什么。

"唉！那老家伙，那天他可一直等着，结果那荡妇没来，他就在脑子里想……没错……他直接认定是我把她给除掉了！"

安德烈斯的沉默突然让他感到很恐慌。他有些局促，同时，他意识到小安德烈斯也察觉到了自己的局促。为了稳住场面，他想表现得大胆些，但说了太多。当他意识到自己讲了太多无关紧要的细节时，他依然没想过要刹住车。

"不过，他们的运气差了点，你知道吗？在他们的故事里，事情发生在周一晚上。不巧的是，那天晚上，我刚好一直窝在床上。"

安德烈斯低声重复道："周一晚上……"

"可以让玛蒂姨告诉你，她那天夜里照顾了我好一阵子……"

显然，他走错了一步。他们之间的气氛又变得凝重起来。年轻人没有看他，但格拉戴尔知道他的眼神会是怎样的。夜深人静，儿子和父亲都找不到合适的话说。安德烈斯佝着背，向门口走去。现在换加布里埃尔想留住他，和他说些无关紧要的事。他试着叫他，可是没用，儿子甚至连头也不回。

安德烈斯没有回房间，他下了楼，打开前厅的吊灯，轻轻叫了一声。卡特琳还在那儿。他简单问了她一句：

"你还没睡？"

　　但他没有推开她。他心事太重。在命运长河中的此刻，他还能依靠谁呢？正是卡特琳留在他身边，让他呻吟着倒进自己怀里。她几乎没有动摇。年轻的栎树被雷电击倒了，而这个纤弱的女子正支撑着它，她身上落满了沾着雨水的枝叶。她分担了这极度的痛苦：终于有件事是由他俩共享的了！因为他们一起掰碎了这块绝望的黑面包，从此以后，他们将共同承担一切。他们的泪水交融在一起。他用尽全力，渴求着死亡，可她，她却闭上双眼，像个吃奶的孩子，小脸紧贴着他的胸口，如第一次品尝到滚烫的乳汁一般，贪婪地吮吸这个绝望之人的养分。

十八

　　第二天是十二月的第一个周五。做完弥撒之后，小拉叙斯从祭坛边走过，将圣器室的门打开一条缝。他立即看出，神父先生的谢恩祷告会持续很久，上学之前，神父没空跟自己讲话了，于是他便先行离开。玛蒂尔德参加了弥撒，她听见木鞋啪嗒啪嗒的声音逐渐消失。她独自待在教堂里等着富尔卡神父。

　　她并没有祷告，而是品味着教堂里的空洞和冷清。在表面剥落的拱顶下、摆满褪色镀金花瓶和假花的祭台前，所有呼声都会被淹没……事实上，她有什么在乎的呢？今天早上，她来这儿是想找一个人；这个人或许会听她倾诉，尝试去理解她，指引她应该做些什么；而她只需要一一照做。他是个年轻人……但他是神父。没必要考虑他能不能承受她卸下的重担。既然他是神父，人们便可以对这个孩子提出任何要求。我们有权向他承认所有罪行，污染他的精神，腐蚀他的心灵。

他正在做什么？沉闷的座钟敲响了。公鸡的鸣唱从遥远的地方传来。玛蒂尔德还听见锯木厂刺耳的声音。别处都充满了生命的气息，可这座教堂，像是一具活人身躯里停止跳动的心脏。四处生机盎然，这里除外。玛蒂尔德在心里演练着她想来这儿说的话，以便打发时间。她将尽可能往对自己有利的方向说。女人在忏悔时，几乎都是为自己开脱。玛蒂尔德快等了半小时了。会不会是她没有注意到神父已经离开了？奇怪的是，她没听见任何声音，不管是咳嗽、移动椅子还是关上壁橱的声音。她不耐烦地站了起来，径直走到祭坛，简单行了跪拜礼，便推开圣器室的门，停了下来。

她看到的只是再平常不过的景象：弥撒结束之后，一位年轻的神父跪在瓷砖上，停留了一会儿。他的头微微斜向左肩，双眼紧闭，手撑在其中一只凳子上。这些凳子是给唱诗班的孩子们用的，用来督促他们站直。小拉叙斯还没来得及整理那些圣水壶、圣袍和祭披，周围一片杂乱。是的，这儿没什么特别的。但玛蒂尔德明白，自己该离开了，因为她正在窥视一个秘密。这个一动不动的男人正散发着一种虚幻的光辉，让这间乡村里的圣器室中最质朴的物件都显得格外引人注目——圣水壶、金属圣盘、老旧的圣水池和挂在墙上的手巾。狗吠声仿佛从另一个星球传来，锯木厂的呜咽声随风而来，又逐渐远去。玛蒂尔德听到一声叹息；她倒退着离开祭坛，没有把门关上。她重新坐回椅子上。

小拉叙斯刚放学便跑回了教堂。他不断听见有人在絮絮低语，明白了神父先生正在忏悔室里。他看到塔夫绸帘子下面露出来的忏悔者的皮鞋，心里想着，这应该是之前参加弥撒的那位从城堡来的女士。她又回来找神父先生了！他肯定会很高兴的。看她没有要离开的意思，小拉叙斯稍稍收拾了一下圣器室，随后走回教堂。那位女士一直没有离开。她该是在忏悔什么样的罪行啊！如果他愿意再走近些的话，就能听清她在说什么！但小拉叙斯尽可能坐得远远的，坐到了圣母祭坛面前。他从口袋里拿出了一串打满结的念珠，花了好长时间才解开。他远远地望着塔夫绸帘子下的那双皮鞋：其中一只不时动来动去，摇晃着，然后又停了下来。十一点的钟声敲响。他的姑妈估计要担了。小拉叙斯行了跪礼，对圣母微笑示意，最后一次看了看那位女士的低帮皮鞋，便拖着啪嗒作响的木鞋，离开了教堂。

十九

回家后，玛蒂尔德发现家里前所未有地安静。昨天晚上，这个家里饱受煎熬的人，突然共同靠近了那个已经被预感到的真相，但他们都没有继续深入下去。每个人都在黎明前退缩了，躲得远远的，静静等待可能发生的事。什么都还没有发生，除了卡特琳和她的母亲换了身份：年轻姑娘占据了安德烈斯身边那迄今为止一直属于玛蒂尔德的位置，玛蒂尔德则接替了卡特琳在老德巴身边的位置。老德巴每每想到是他叫来的阿琳，自己也可能被连累，就会开始胡思乱想。

格拉戴尔感觉全家人都对自己抱有敌意，继续在利奥雅特城堡待着也没什么意思了：他可以离开，也可以留下。他被孤立在隔离区里，和那些患了病的松树一样——人们为了避免死亡扩散，会在它们周围挖一圈壕沟，让它们自生自灭。他和安德烈斯再也没有过眼神接触，虽然安德烈斯并不善于躲避别人的目光。他主动错开和家里人吃饭的时间。他推说跟德巴有矛盾，干脆去拉科特那儿吃饭。等到每个人都回了房间，他才溜回城堡睡觉。

寒冬已至。安德烈斯打了不少山鹬和野兔，在合适的夜晚，他还会到泰舒埃尔的沼泽地去猎野鸭。他接受了卡特琳的陪伴。他耐得住寂寞吗？尽管两人从不提起纠缠着他们的那件事，但如果要换一个不明白是什么在折磨他的女人陪伴他，安德烈斯大概会受不了。卡特琳心知肚明，跟他一样，自己也在等待：他们肩并肩、头抵头地打开报纸（在利奥雅特从来没有人看过这么多报纸），直奔社会新闻那一栏，先扫一眼，然后从头看一遍。

年轻姑娘没再表现出任何过于亲昵的举动，只是关心着安德烈斯过得是否舒适，始终给予他稳定而小心的呵护。在不下雨的周日，他会去离她很远的地方，和他的队友一起，为春天的比赛训练。每当他因为特定的事由要出门：谈生意、见佃农，她都会让他一个人去。夜里回家的时候，他一到门廊就会大喊："你在吗，卡特琳？"她便会立马出现。她跪着帮他脱掉猎靴，他觉得理所当然，因为玛蒂姨一直都是这么做的。要是他那件加拿大外套不够保暖，她就会让他去换件衣服。她可以随意进出他的房间。玛蒂尔德把一切看在眼里，默不作声。

随着冬天越来越深，卡特琳对安德烈斯的照看也逐渐放松了。一天下午，安德烈斯独自骑马走在去贝利扎乌的小路上，穿过"石头地"时，他看到废弃采沙场的边缘，有个男人正蹲在阳光下。安德烈斯停下马，发现那是他父亲，他正在膝盖上写着什么……他马上调转方向，重新走回大路。

男人写道：

跟您说"那件事"又有什么用呢？我允许玛蒂尔德向您讲述事情的经过，她大概已经这么做了吧。她知道的情况，您也知道了。在我犯下的所有罪行中，这一件最不值一提，因为我的性命取决于此……可在我眼里（多么奇怪啊！），这又是唯一不可饶恕的罪行：跟这场谋杀相比，其他那些都不值一提。我能够想象，您这样的人会对我讲些什么道理：一个人的罪孽越深重，只送他下地狱就越不能弥补他的过错。我在吕雄认识一位老神父……（我之前引用过他说的一句话，您还记得吗？）他就是因此才谴责死刑这种刑罚。我是不是毁了阿琳最后一次救赎自己灵魂的机会？您信仰的上帝是不是利用了我来伸张正义？多么疯狂啊，神父先生！正如您看到的那样，我很容易就能猜到您的想法……幸好我这儿什么都没了，一无所有——除了两步之外的一具腐尸。因为我是在采沙场、在膝盖上给您写的这封信。小时候我们就在这儿嬉戏，迪比什家的两位小姐和小格拉戴尔，转眼四十年已经过去了。

太阳下山了，天气很冷，这两个晚上我一直在咳嗽，可我必须待在这儿。我什么都向您交代了，我再也无法对谁袒露自我。和其他人相处的气氛让我窒息。我尝试寻找安德烈斯的目光，但徒劳无功。安德烈斯已经对我下了判决。我失去他了，多么愚蠢啊，我竟失去了他。我面对那些老滑头都能应付自如，却被这个天真的男孩控制住了。既然现在我已经永远失去了他，那么一切都无所谓了：面对一个如此单纯的男孩，我们束手无策。如果他读过一点书、略有一些想法，他或许会将情况"小说化"，帮我编造一个合适的理由，比如，或许我是出于某种义务才……但这个可爱的傻瓜，我又能指望他做点什么呢？要是一个杀人犯路过，他会大喊"杀了他！"——他就是那样的人。

到目前为止还没什么消息，至少报纸上

还很平静。他们什么时候才能下定决心？我都等不下去了。倘若他们一直这样沉默不语，我就去举行一场家庭会议，把我的所作所为都"昭告天下"。我时常幻想着这一幕：在老德巴的房间里，我会告诉他们，我是为了保命，我别无选择，也不是我把那个女人叫来利奥雅特的。反正都会有一个受害者，我不过是占了先机。我很清楚，我本可以像玛蒂尔德希望的那样离开这里。可事实并非如此：玛蒂尔德只是假装希望我离开；实际上，她依赖我，她指望我能带给她幸福，就是这么简单！所以有谁在犯罪的边缘拦住了我？有谁向我伸出过援手？而您，我在事发前一晚见过您……大雨中，我跑着跟在您身后；您看我的眼神里没有爱（正是如此，没有爱）。您打着官腔，用十分"神父"的口吻说："我为灵魂服务！"行了，差不多得了！我向您伸出了手，您可以借口黄昏时刻天太黑没看见。您假装没看见我的手。不，我可怜的孩子，我没有在责怪您。哪怕您热情地握住了我的手，在周一到周二的夜里，这只手依旧会沾满罪恶……不，一切都不会改变……可您要理解我：我希望您至少能再想一想我是什么样的人，别太厌恶我。因为神父先生，您门前那堆树枝和花草，您知道吗？我刚到利奥雅特的那天晚上，是我把它们清理掉的……（但也可能您不知道我在说什么。）

　　我非常感谢您的回信。我把您的信撕掉了……我必须把它撕了。但我很后悔。虽然它打着官腔，有些做作，我现在还是会愿意再读一读，试着去理解它……但您怎么能预设我信仰恶魔呢？您把我当成小孩了吗？况且恶魔也不希望我信仰它。还有，"爱上帝"意味着什么？是对某个实体的情感活动吗？真是无法想象。爱是肉体行为。您在混淆视听，我可怜的神父，用今天的话来说，您这是在偷换概念。您……但强调这些又有什么用？我早就知道了您的回答：您把指头探入主的钉痕，还有他的肋旁，您的头靠着他的胸口休息……[1] 多么奇怪啊！潮汐从四面八方涌来，侵蚀着海里的我们；可安德烈斯这样勇敢而高尚的小孩，对这个无形世界、对这片海洋却毫无概念。反倒是我这种浑身污点、沾满鲜血的人，却清清楚楚地知道，您每天早晨都在空荡的教堂里做些什么、教堂里会发生什么……我都能想象出您的沉默、您的快乐……

夜晚危机四伏，灌木丛笼罩在黑暗中。已经有好一阵子，格拉戴尔看不清自己写的东西了。他听见浓密的雨点落在松树上，但这不是能掩盖罪恶的大雨。他先听见雨声，过了好一会儿才感觉到雨滴落下。他解开衬衣的扣子，他自己都不知道安德烈斯也曾有过同样的想法。黄昏时刻湿润的风灌进了他的衣服里。雨水从他瘦弱的胸膛

1　见《约翰福音》第 20 章第 25—27 节。

上流过——以前放暑假的时候，玛蒂尔德就在闸门上边，看着水珠在他的胸膛上闪着光。几米之外腐烂的尸体并不让他感到害怕。他来"石头地"，不是出于自责，或许反倒是因为害怕孤独。

他发烧，咳嗽，行走困难。经过神父住宅时，他把那张叠起来的纸从门缝下塞了进去。任何人都有可能读到这张纸……但神父家里没有用人。他在拉科特的酒吧停了下来，喝了杯茴香酒；一边吃东西，还一边喝光了一瓶红酒。客桌上，三个旅行商人争论着汽车在他们工作途中的利弊。他们精打细算："噢！但不好意思！你们没有考虑折旧这个因素……按今天的油价来看……轮胎磨损，这也是有可能的……"他们慷慨激昂地齐声说着。格拉戴尔有些醉了，但他们说的每一句话他都听见了，好像他就指着这些人才能活一样。他擦了擦嘴，把毛巾放进柜子里。

在大道的尽头，他看见了城堡的灯光。倘若他和其他人一样，就会急忙朝着黑暗中的灯光跑去；有人会笑脸相迎，他也会用手撩开安德烈斯的头发来亲吻他的额头。

他故意放慢脚步走上台阶，尽可能发出最大的动静，好给可能还在前厅里的人留点时间，让他们在他跨过门之前离开那里。他的确听到了一阵慌乱的脚步声。可是，有人留在那儿，看起来像是在等他：极为沉着、冷静的玛蒂尔德已经不在乎自己蓬头垢面的模样。他假装没有注意到她，径直走向楼梯。可玛蒂尔德叫住了他：

"你看见这个了吗？"

她手上是一份巴黎的报纸：两三天来，这是唯一被他忽略的报纸。她让他看第三页上一条令人安心的消息："我们始终没有阿琳·某某的消息……十一月二十五日，这个曾经的风流女子从国民公会街的家庭式膳宿公寓离开——她已在此居住数月。她曾告知房东，两天后便会回来。离开时，她没有携带行李，也没有留下任何地址。关于这场离奇的失踪，我们没有在她房间里发现任何可能提供有用信息的材料。不过，我们已经掌握了一些线索，它们会给司法机关的搜查指明确切的方向。出于特定原因，我们目前仍需最大限度地保留信息，相信大家能够理解。阿琳·某某的一位熟人……也在阿琳消失几周前离开了巴黎，我们正在积极寻找此人。我们估计，此人会给司法机关提供一些有用信息。"

"奇了怪了，"格拉戴尔说，"我每天都看报纸，自从……唉，你知道的！而且我每次都先读这一家的报纸……偏偏忽略了这一期……"

玛蒂尔德像是没在听他说话，早已走开了。他慌忙叫住她：

"我该怎么做？从这里离开，还是要给检察官发一封电报？我不能显得畏首畏尾……你不下来了吗，玛蒂尔德？"

她靠着栏杆，回答道：

"我也这么觉得……但这是你的事。有人可以帮你：富尔卡神父。"

她上楼回卧室了，他独自留在原地。从"军火库"传来一阵有节奏的声音，安德烈斯在做子弹。格拉戴尔走到门口。他不敢进去，可最终还是鼓起了勇气。卡特琳正坐在安德烈斯身边，在灯下织毛线。她戴着金属腿的眼镜，看起来像个小老太太。两个人都停下了手里的事情。

"我明天早上坐六点那趟火车离开。我想我周末能回来吧。"

他们站起身来。安德烈斯低声说道：

"那，再见了……"他无力地伸出了手。

加布里埃尔看着挂在墙上的老格拉戴尔用过的针枪。安德烈斯顺着他的目光看过去。他啊，从来就没有猜对过别人的想法，这次，他能理解父亲的深意吗？无论如何，加布里埃尔知道儿子在想什么，或许在期待着什么……（他这种刚正不阿的人，就像军营里的那些士兵一样。对他们来说，如果同伴弄虚作假或是偷了东西，把一支手枪放在他的桌上是件再简单不过的事情。）也可能这些都是格拉戴尔自己想象出来的？他头也不回地走了出去。倘若他回头，便会惊讶地看到安德烈斯突然倒下，脑袋倚在卡特琳的膝盖上，止不住地哭泣！

格拉戴尔在黑暗中穿过餐厅和前厅。大门已经上了闩。夜里不是很冷，地上也没有结冰。但格拉戴尔忘了拿上外套。两排松树如黑墙一般立在路旁，夜空变得晴朗了些，为他照亮了中间的路。他朝小镇走去，只有一扇窗户还亮着：那是神父的家。"他读了我的信，他忍不住想到我。"拉起这个门环……二楼就会打开一扇窗户，会有人问："谁在那儿啊？"但要怎么回答呢？是玛蒂尔德建议他深夜造访的，可他应该怎么向神父解释？说是来向他寻求建议的吗？难道格拉戴尔还猜不到，他这种人会给出什么样的建议吗！"去司法机关自首吧，接受应有的惩罚，把您的命运交给上帝……"

男人哆嗦着坐在台阶上，双手早已熟悉台阶的纹路。他摸着台阶，仿佛在抚摸一张有些凹陷的面孔。他咳嗽起来。但从待在神学院那会儿开始，他就明白，想故意让自己生病是不可能的。那时，为了得到医务室修女们的疼爱，他肆意糟践自己的身体，可从来也没得过什么病。反倒是有一次在雨中走了一会儿，他就得了胸膜炎……
此刻，他即将登台表演，还冒着掉脑袋的风险。
可他就这样蜷缩在门口，沉浸在自己再平常不过
的遐想之中。毕竟，他不觉得自己应该拿性命做
赌注，这也是为什么他能保持冷静，如同表面上
走到穷途末路的犯人，实际上清楚地知道自己身
后还有广阔的藏身之地，许多撤退路线正隐藏在
暗处。他没去想安德烈斯无言的暗示（他以为安
德烈斯在这样暗示他）。在这个世界上，没什么能
让他下定决心吞下枪管，扣动扳机。什么都不能。
不过，他还是会脱离自己的生命轨迹，背离自己
的命运，他摆脱残酷的命定逻辑——正是动机和
行为的结合，让他在半个世纪之后的那个夜晚，
带着阿琳，回到"石头地"，回到他童年的沙地
上……平静的冬夜里，他的咳嗽声格外刺耳。但
在利奥雅特，又有哪个夜晚是寂静无声的呢？天
上最轻的一阵微风，也能让成千上万棵松树发出
声响（仿佛在某个地方总有位沉睡的神）。巴里昂
河奔流不息，河水拍打着石头，上古海洋曾在这

些石头上留下贝壳的痕迹。

　　一扇窗户打开了，有人问道："谁在咳嗽？"（终于！这一刻他等了一个小时……）他浑身颤抖，但没有回答。门后响起急匆匆的脚步声，先是在楼梯上，然后到了门口的石板地上。格拉戴尔没有昏过去，也没有假装昏过去。他只是这样不说、不动、不看，把自己变成了石头——尽管现在灯光照在了他的脸上。有人抓住了他的腋窝。他确实快站不住了。

　　神父打开左边的门：那里是厨房。他让格拉戴尔坐在一把铺着麦秸垫的安乐椅上，往炭火里丢了些藤蔓。他摸了摸格拉戴尔的额头和脖子。

　　"您现在不能回城堡，"他说道，"我还是给您铺张床吧。"

　　格拉戴尔独自待在沉闷的厨房里。火势已经弱了下去。灯光照着餐桌上的凹盘，里面装着一些没吃完的土豆泥、一盒空沙丁鱼罐头、一大块面包。

　　神父回来了，他让格拉戴尔再等会儿，因为

床单太潮了。他往水壶里灌满热水，又走了出去。

"现在……"他说。

神父将格拉戴尔扶起来。但病人自己快步往前走去：他闻到了马厩的气味。房间十分宽敞，非常舒适，有地毯、两扇窗之间的镜子、桃花心木五斗橱、伏尔泰椅、带玻璃罩的座钟、两盏烛台……神父拥有的一切都聚集在这里了。在格拉戴尔匆忙脱掉衣服的时候，他闻到了一阵香气，是香水的味道……天哪！这是神父妹妹的房间。他躺在被子里，把热水袋往外踢了踢。多么幸福啊！谁会来这儿找他呢？有神父做他的保证人，谁还敢从神父手上把他带走？但这又如何呢？难道他不应该第二天早上坐六点钟那趟火车离开这里吗？他不应该给检察官发一封电报吗？他寻找着神父有些黯淡的眼神，看不透神父的表情。他尝试跟他说话，但前言不搭后语。他意识到，神父觉得他在说胡话，但他还是一股脑地说着。神父打断了他：他说，下午他见了德巴夫人，他也看到了报纸上的消息……他让格拉戴尔放心，建议他可以在这儿写封信寄出去；必要的话，神父可以帮他补充几句。他们可能会寄一封调查委托书……他为什么留在神父家，这很好解释：他跟桑福里安·德巴不和。

"起码我没让您撒谎吧？"

罪人毫不费力地察觉到这个纯真孩子的诸多顾虑。神父耸耸肩：

"天亮之后我就去找克莱拉克。我们也得让他知道，是家庭矛盾让你被迫在我家留宿。"

阿兰做了所有决定，就好像他已经预料到了这些情况，而且已经思考了好几天似的。神父远远地端详着终于快要睡着的病人，心想："我竟然没有意识到，我是在等他。"他靠近了些，压下了自己的反感，察看着这张发烫的脸。额头、鼻子、嘴巴，整张脸宛如一张精致的画卷，什么都没能毁掉它：无论是时间，还是罪行。"这就是您交给我的人。我曾摈弃他，但今晚，我终于还是接纳了他。我别无办法，只能接纳他。"这个人在他家里出现也许会带来很多后果，但阿兰没有考虑这些，便事先接受了一切。让他闭着眼睛、顺势而为吧！他压低了灯罩，拿起念珠，冥想，入睡。

格拉戴尔在半夜醒来。他发现自己听了好几分钟，或是好几个小时轻轻的呼噜声。陪护人的脑袋在椅背上摇来晃去。他觉得身上没那么热了，整个人好了不少，他已经很久没有过这种感觉了。是的，他不记得自己有什么时候像现在这样平静。他看了看窗户那边，放下心来：外面一点亮光都没有，黎明时分还未来临。这幸福的夜晚还将继续！风静了下来，晃动的树梢也不再哀叹。在冬日黎明的前夕，天空中星光闪耀，可大多数人对此一无所知。

格拉戴尔的目光落在熟睡的阿兰身上，他感到一种十分奇怪且强烈的情感——他产生了幻觉，仿佛坐在椅子上的年轻神父是他自己，他似乎附在这个身着黑衣、矮壮、面容憔悴的年轻人身上。他是附身了，还是进入了某个人的思想？灯光下，他细致而温柔地端详着另一个自己，忽然间，他被这个熟睡的男孩动物般的呼噜声吓了一跳；他注意到他下垂的下颌骨，还有突出的、几乎呈血红色的厚嘴唇。灵魂脱离了这张无神的脸。纯洁的心灵不再发光，粗犷的年轻面孔也随之变得黯淡下来。"他，本可能成为我……"阿兰本可能屈从于他妹妹的影响，弃明投暗，沉溺于黑暗的欲望中……这种欲望，自打孩子懂事以来，就对它深恶痛绝……然而，他也可以很轻松地战胜这种厌恶，就像格拉戴尔做的那样。他可以习惯与藏在暗处的恶魔为伍。他可以驯服它们，抚摸它们，喂养它们，把它们喂饱……

神父惊醒了。格拉戴尔闭上眼睛，感觉到有只手在摸自己的额头，他听见从木地板传来一声闷响：阿兰双膝跪地，读起了他的日课经。好长一段时间之后，他将经书放在床头柜上，轻手轻脚地离开了房间。于是，格拉戴尔从枕头上稍稍坐起，拿起那本黑色的经书，随意翻阅，看到了一张伦勃朗画的《以马忤斯的晚餐》的复制品。背面写着：

纪念我的圣职受任礼，一九××年六月三日……阿兰·富尔卡，神父。你要行在主的前面，叫他的百姓因罪得赦，就知道救恩，明白上帝怜悯的心肠，照亮坐在黑暗中死荫里的人，把我们的脚引到平安的路上。[1]

加布里埃尔将日课经放回桌上，重新躺到床上，感觉清醒而平静。自罪恶深处，他看到了这与他截然相反却又无比相近的命运：他本来可以宽恕、启明、解救众生，同时仍然是那个加布里埃尔·格拉戴尔。在上帝面前，一个人唯一能夸耀的，只有那微不足道的功德，也就是接受上帝的选择——至少他还能庆幸自己是那类眼中只有快乐的人。我们只活一次：或许格拉戴尔会得到宽恕，但他再也不是那个孩子——在暑假的早上醒来，脱掉鞋子，用双脚感受滚烫的沙粒，黝黑的双腿浸没在巴里昂河里，切开水流。人生的道

1　见《路加福音》第1章第76—79节。

路上，格拉戴尔已经永远错过了一个地方：在那里，被叫到名字的人必须站起身来，放弃一切。[1]

1　见《马太福音》第 4 章第 18—22 节。

尾声

"好了！看吧，"玛蒂尔德一边走上台阶一边说，"事情都朝着最好的方向发展……"

卡特琳、安德烈斯和老德巴一起站在门口，焦急地等待着。他们认真听着玛蒂尔德的话。但她没有立刻接着说下去。她吸了口气，闭上双眼休息了一会儿。刚才下过雨。金龟子在嗡嗡作响，东风拂过小镇上所有的丁香花。

"接受审讯的神父告诉我，法官认为格拉戴尔病得很重，所以完全没怀疑过他……"

她停了下来，担心地望向周围：

"我们别这样站在外面……"

他们走进"军火库"，关上了门。她接着低声说道：

"司法机关对这个女人的去向毫无头绪。而且，她走的时候，格拉戴尔就已经在这儿了，跟家人待在一起，所以也没人重视那封匿名举报他的信。再说了，那封信写得云里雾里的。还有，"她看着丈夫，继续说道，"司法机关成功复原了两封用打字机写的信（没有信封，也没有落款），你在附言里写了：'别写任何可能让格……起疑心的话。他会想方设法阻止您去……'司法机关认为这些句子对格拉戴尔有利。法官断定凶手就是写这些信的人。"

"不过，"德巴打断了她的话，害怕地说，"不过……他们可能会怀疑我……"

卡特琳用胳膊搂住了他的脖子，对他说：

"别说胡话了，我可怜的爸爸！"

玛蒂尔德想让他安心：

"格拉戴尔答得不错，他说自己跟阿琳厮混的那些社交圈子早就没什么联系了，他已经好几年没和她搅和在一起，除了有时候会给她寄些急用的钱。情况确实如此，司法机关找到了一些汇款凭证和收支簿，足以证明他对那个女人有多慷慨……"

德巴有些透不过气来，他重复说：

"他们会怀疑我……我会被控告……"

他喘不上气了。卡特琳拿了给他打针用的东西。他说不出话，但仍然专心听妻子继续说道：

"我跟你说吧，初审调查快结束了。法官已经回巴扎斯了，不会再审讯了……更何况现在格拉戴尔病得很重。克莱拉克确信，他的另一叶肺也有毛病，撑不了多久了。现在尝试气胸疗法已经太迟。瑞士可能有医生能让他多活一会儿，但他不想离开神父家。幸好神父也同意他留在那里。不管怎么说，我们可怜的小神父还是挺让人敬佩的，他都在他家里住了四个月了……这不是开玩笑……而且，他这个年龄的人很可能被传染。"

德巴终于缓过气来，他说神父心里清楚，格拉戴尔会好好报答他的，他会拿到一大笔钱，不过，神父的确为这个家解了围。玛蒂尔德微微一笑，耸耸肩，转向安德烈斯：

"他的病严重之后，神父隔天就照顾他一整晚，小拉叙斯的姑妈会接替他……不过他快撑不住了。我跟他说了，今晚你会去接替他。大概十一点。"

安德烈斯低声抱怨道，他好几次都说要帮忙，可病人一直不肯见他……

"没错，因为他于心有愧……不过，从今天早上起，你父亲就改了主意，同意见你了。他变了个人，你知道吗？简直判若两人……他甚至还想去自首。神父花了好大力气才劝住他：只有提到你的时候，他才肯听劝，安德烈斯……"

德巴站起身来，挽着卡特琳的胳膊，转身狠狠地喊着：

"你不会被他骗了吧？但愿如此。他一肚子坏水！我是不会放下心来的，除非他……"

玛蒂尔德让安德烈斯不要答话。等到只剩下他们二人时，她平淡地说道：

"我上你姨父那儿去接替卡特琳。你去屋前等她吧。"

安德烈斯穿了件外套，坐在台阶上，看着青蛙和被惊动的、湿润的丁香花瓣。在弗龙特纳克家里，两只夜莺一问一答，啼叫声中流露出一丝忧伤的柔情。安德烈斯关心这些，只是为了知晓季节、时间和明天的天气。他在天空中追寻云的方向。

他觉得平静：犯下罪行的父亲即将死去，而他，他要和卡特琳结婚。生活重归简单与质朴。这四个月来，他焦虑到快要窒息，现在终于摆脱了！他没有权利去奢求什么。所有那些在父亲犯罪前他曾想拥有的一切，所有那些或多或少与他父亲有关的回忆，他都彻底摆脱、彻底丢弃了。他不愿再听别人说起爱情，以及诸如此类的傻事。他会活下去，生几个小孩，变得富有……还能有什么呢！他还会时不时溜去波尔多，去酒吧……只要事情不出岔子，没人找到信件，也没有证人！尸体呢？一天晚上他问了玛蒂姨。她含糊不清地说道："我对此一无所知……只知道找不到的，永远都找不到……"况且，他父亲快死了，也算躲开了司法机关的调查……

他听到卡特琳快步从楼梯上下来。她气喘吁吁地说：

"亲爱的，我们出去转一转吧？"

她拉着他。看不见她的时候，一想到她，安德烈斯心中便充满感激和友爱。可一看见她，他就有些恼火，尤其让他头疼的，是她难以掩饰的欲望。今天晚上她似乎也终于放松了。愿暴风雨平息吧！她付出过代价，现在轮到她享福了！她紧贴着安德烈斯，沿弗龙特纳克家的草地往前走。远处，那两只夜莺仍在啼叫，由于距离太远，纯洁的歌声显得有些不真实。年轻女孩叫道：

"看啊，天气好晴朗……"

安德烈斯不以为意，透过树枝间的缝隙，他抬眼观察着这片被雨水洗净的蓝天。

"嗯，那又如何？"他问。

"来长椅上坐坐吧。"

她依偎着他，一动也不动。他强迫自己不去

看她。

"今晚，我要去照顾我的父亲。希望他什么都别跟我说……"

卡特琳求他别再去想那个男人。这一切都结束了……

"我好幸福……"

他感到冰冷的嘴唇吻在自己的脖子上，随即勾起了他的肉体对托塔的回忆，他飞向了那个他已经失去的女人。他刚逃离父亲的摧残，如今，另一种痛苦又涌现出来。这份爱情才是他真正的痛苦，是他隐秘的毒药。没有这份爱情，他便无法存活。他在这里做什么呢？为什么要坐在这长椅上，被这母老虎套牢在她的瘦爪之间呢？可他不敢动，不想惹出麻烦；他在装死。

卡特琳明白，安德烈斯对她毫无感觉：就像一具尸体……可有这具尸体她已经很满足了。她抱着这个心已远走高飞的爱人。身边有具尸体，总好过什么都没有。她漫不经心（其实非常专心）地舞动指尖，轻轻划过这只粗手上的汗毛。

　　此刻，安德烈斯体会到了托塔的感受。他听到了弗龙特纳克家那两只夜莺的叫声。要是托塔在这里，她也会听见的。因为有些距离，叫声听起来像是从未知世界传来的。透过托塔的眼睛，他发现黑网般的树枝背后天色昏暗，星星稀落，仿佛星座还未被创造时的样子，他还闻到了混沌时期结束后伊甸园里清新的气息。所有那些他觉得无法理解的事，都是托塔在启发他，因为托塔占据了他的内心；而同时，他是安德烈斯，是个二十二岁的青年，是半个佃农，是个粗人：他要打破一切，重新回到托塔身边，不管小神父有没有意见。眼下他谁也不需要了。可他还是会顺着卡特琳……不久将跟她结婚，但在那之后……

　　年轻女孩的头倚在安德烈斯的胸膛上，听见他的心跳有些慢，可她没有什么不祥的预感。安德烈斯突然叹了口气，轻轻将她推开，一脸严肃。她有些担心，用眼神询问他。他低声答道（似乎是人生中第一次听到它们啼叫）：

　　"那些夜莺……"

虽然桑福里安的房间关着窗，玛蒂尔德还是听到了夜莺的叫声。他上半身靠在枕头上睡着了，周围弥漫着药草的烟雾。可哪怕在睡梦中，他仍然被恐惧折磨，呻吟着辩称自己无罪。

玛蒂尔德拉开窗帘，将额头靠在窗玻璃上。她听见巴里昂河在石子上欢快地奔流，听见从弗龙特纳克家传来的夜莺二重唱。桑福里安嘱咐她千万不要开窗："花粉和各种植物散发的脏东西都会让他的哮喘更容易发作……"但在这个臭气熏天的房间里，她快被闷死了。药草味和尿臊味让她感到窒息。窗玻璃将她与外面的世界隔绝开来：新鲜空气、银河、雨夜，雨水流淌在最后几朵丁香花和刚开花的山楂树上。她的手指触摸着窗户上的长插销，犹豫不决……

可她的想法已经改变。神父告诉她："关于您与这场罪行的关系，您无须再多问。我做证，您已经从中解脱了。条件是从今往后，无论您的丈夫需要什么样的帮助，您都必须答应：上帝希望您发自内心地同意并顺从这个条件。"一开始，她只是觉得遵守这样的命令让她感到舒心、轻松。可今晚，自从她忏悔以来，她头一次突然觉得自己有些力不从心。

难道是因为司法机关不再追究格拉戴尔，死亡的阴影已经笼罩在罪人身上，这个可怕的故事终于要被掩埋，她才会有这样的变化？玛蒂尔德感到异常快活、解脱。活蹦乱跳的她为什么要受这个半死不活的人束缚呢？要知道，他连睡着了都还会嘶哑地呻吟。其他人一点也没有浪费时间，他们已经重新拥抱幸福生活了：没错，卡特琳和安德烈斯……安德烈斯和卡特琳。这会儿，他们正在散步；他们在一起，心心相印……玛蒂尔德重新拉下窗帘，钻进卫生间里。那里只有一扇天窗有光。为了欣赏夜色，她在凳子上摞了一堆捆好的《画报》，站了上去。桑福里安睡不着的时候会随意翻看这些报纸。她把头伸进满是树枝和星星的夜空中，黑夜里星光璀璨，湿润的气息扑面而来。从弗龙特纳克家的草地传来青蛙的叫声，植物的芬芳沁入雨水。风向变了，闻不到丁香的气味了。笨重的女人别扭地站在这堆报纸上，手肘都被瓦片蹭伤了。她畅快地吮吸着融化在黑夜里的香气。她和其他女人一样……

"玛蒂尔德！"

《画报》散了一地。一个气喘吁吁的声音叫道：

"天窗！我能感觉到你把天窗打开了。"

她回到卧室里，辩解说："我没有！当然没有！我不小心弄翻了凳子。你快睡觉吧。我也去睡了。"她把手放在他光秃秃、汗津津的额头上。房间里的空气太呛人了，她不得不屏住呼吸。她集中注意力去祈祷，可她早就知道这是徒劳。她不期望从这些烂熟于心的祷词中得到任何慰藉，这和她内心深处追求的东西毫不相干。她祈祷着，但他们这样的灵魂永远听不见上帝的回答。她祈祷着，听不见任何回应，除了哮喘病人的呼噜声，还有隔着窗户也能听到的来自远方的声音：从草地那边传来断断续续的泉水声——被两只夜莺的啼叫频频打断；它们安静下来的时候（或许是飞到一起了），还能听见桤木下湍急的流水声。

门悄无声息地打开了（只有卡特琳能做到）。玛蒂尔德看到年轻姑娘的影子在向自己移动：

"你想出去呼吸一下新鲜空气吗，妈妈？安德烈斯去神父家了，他要待到明天早上……你想去外面多久就去多久，夜色很迷人。"

玛蒂尔德站起身来。她看不见女儿的脸，但只听声音，她就知道女儿很幸福。这个在所有人眼中最富足的女孩表现得出乎意料地甜美……玛蒂尔德有气无力地谢过她，说新鲜空气确实对她有好处。

月亮升起。玛蒂尔德没有走大道，而是走上了一条小径，那儿的沙子似乎比白天的时候看起来还要白。她毫不犹豫地停在一棵松树前。三十年前，那间棚屋、那个"基地"就靠着它。这里一点也没变：巨大的树干上，彼时的划痕已变成了陈旧的伤疤。那时的小女孩已经长大，她凹陷的脸颊紧贴树干，额头靠着树皮，双眼紧闭，有些沉醉，又有些伤感。在她的童年深处，她看到小格拉戴尔的蓝眼睛闪着光，所有苦涩的回忆都涌上她心头：阿迪拉，那个热心帮助可怜残疾人的女孩，她曾经也很疯狂；安德烈斯，她心爱的野孩子；那个叫托塔的女人，还有那个叫阿琳的女人，以及神父……半个世纪以来，在这一隅，在永恒的凝视下，在这些短暂的生命之间发生的可怕事件，她终于敢正视了。一切都会延续下去，在安德烈斯身上，在卡特琳身上，在他们未来的孩子身上，也在玛蒂尔德身上。在她看不到头的暮年生活中，她将一直受其折磨（但欲望可不会耗尽），不知会度过多少年苦不堪言的生活。不！潘多拉魔盒已被打开，它不会因为死亡而终止。加布里埃尔可以消失，根据世界的法则——毒蛇既死，毒液尚存。但他，蓝眼睛的小格拉戴尔，他又从谁手中接过了这可怕的果实？我们要追溯到哪一代人？要拨开哪一丛芦苇，才能发现被下过毒的源泉？

但玛蒂尔德知道，还存在另一种力量：阿迪拉得救了；那个曾经让她堕落的罪恶孩童，也已经半只脚踏进了天国。哪怕在利奥雅特，心怀希望的居民也高喊着胜利。爱获胜了，可人们都不知道它的真实面目。虽然她没有从中得到任何帮助，也没有收到任何回应，但她还是朝着那个方向前行，像是盲人坚信光明，伸着交叉的双手，因为她得到了圣宠——有天上午，在利奥雅特简陋的圣器室里，她目睹了一个和上帝对话的人。可玛蒂尔德不是为了自己、为了永生而寻求救赎，因为在她看来，超脱肉体的东西没有任何意义。这个女人，她做的一切都是为了安德烈斯。在她勉强重燃的信仰中，她首先铭记于心的，就是为他人受苦。哪怕只有一丝机会，她心爱的孩子能够从中获益……噢！她愿意在那个臭气熏天的房间里窒息而死，毫无怨言。

"是时候去照顾我父亲了。"安德烈斯说道。

他明白富尔卡神父十一点才会见他。可卡特

琳的头太重了，他撑不住了。她提议陪他走到小镇的入口，他找不到理由来推脱。一看到神父的居所，他就向她道了晚安，独自往前走去。

皎洁的月光赤裸裸地洒在神父住宅有些脱皮的墙上。安德烈斯还有四十五分钟，他想尽可能久地享受自由。他害怕的不是他父亲，病人几乎说不了话了。他怕的是神父……他得经受神父的审视……神父通了天眼，他可能……会读出安德烈斯的心思……可能又会苦苦哀求："我都收留了您垂死的父亲，您不能以怨报德……别去纠缠我的妹妹……"他要怎样回应这要挟？安德烈斯不会说谎，他从来不会掩饰自己的内心。最好是支支吾吾地敷衍过去。他真恨那些人，他们把自己的生活弄得一团糟，还想方设法让别人变得和他们一样不幸！年轻人这样边走边想，绕过了房子。他翻过菜园的墙，抬眼望向那间朝着花园的屋子。

昏暗的房间中，父亲身旁的小夜灯在闪烁。安德烈斯先是看到了打开的窗户前有一个黑色的身影。应该是神父坐在窗沿上，背靠着墙，因为他的轮廓就像皮影戏投射在被照亮的房间背景上。他长袍的领口敞开，头微微向后仰着。安德烈斯心想："他在乘凉。"他就这样坐着，从外面一点也看不出他内心深处经受的折磨。神父刚才用了一个小时来试图让病人平静下来：格拉戴尔次日清晨就要领圣体，但他很恐慌，每时每刻都觉得还需要再忏悔，因为他又想起某些被遗漏的罪行。年轻神父再一次成功让他平静下来。此刻，杀人凶手正朝着天使微笑。

而阿兰已经筋疲力尽，他走到窗前。他用自己的信仰、希望和爱填满了这个人；他感觉似乎把自己所有的宝藏都掏空了。一箭之遥的巴里昂河，在格拉戴尔于犯罪之夜将铁锹扔进去的那个深坑上方形成漩涡。有时，风会微微吹动岸边的白杨，等颤动的叶子安静下来，神父就能听见远处有两只迷途的夜莺在啼鸣。夜通人性，也会呼吸。它在沉睡中呼出的气息消失在阿兰的发丝里。水边的野薄荷、小镇上的山梅花、尚未凋零的丁香花都随夜晚的气息来到他身旁。在他右手边，从房间深处传来一阵模糊的低语（被咳嗽声或是痰盂撞到床头柜的声音打断了）："请为我们这些可怜的罪人祈祷吧。"

这个灵魂之敌、杀人凶手，他平静地迈向了天国。他离开了，洋溢着喜悦。但此时此刻，那个收留他、在绝望中拯救他、宽恕他的纯洁孩子，却感到有些困惑，甚至是不安。他不是在与某种具体的诱惑做斗争 —— 只要诱惑刚起苗头，他就会及时遏止。一种说不清的忧伤在他的心头弥漫，是一种怜悯、一种流泪的冲动。没什么让他厌恶的事情，也没什么好脸红的……但他的内心仍然乱作一团：他与上帝失去了联系，感觉不到上帝的存在……不，他没有完全失去联系，在他内心最深处，对上帝的爱始终存在；这份鲜活的爱没有在他心中消失……只是这可怜的人略微转向了另一个同样存在的世界，转向了生活的暗面；他尽情吮吸着香味，吮吸着植物汁液的芳香。房间里有个将死之人，他一向忠实于肉体，满足它的各种要求，臣服于肉欲，甚至犯罪。但他此刻睡在上帝的怀抱中。阿兰想，他总算是平静地了结了……"然而我，我的上帝，我从一开始就发自内心地跟随您，我的内心别无他人。而今晚，我心里波涛汹涌，但我将无怨无悔地遏止它，无论多少次我都愿意，因为我爱的是您。"

听到门口的动静，神父转头看见了安德烈斯。神父从窗户边走过去，握住了年轻人的手。安德烈斯打量着房间——不是他父亲躺着的床，而是这个房间。他知道，这是托塔的房间。神父立即明白，安德烈斯是在想着托塔；怨恨之意在神父内心油然而生，他意识到了自己的仇恨（他习惯于保持警惕），他已经竭尽全力去克制内心汹涌的暗潮：他努力保持微笑，回答男孩低声提出的问题。

"看哪，"可是，一个险恶的声音悄悄对他说道，"他在这个房间里多么享受……他父亲对他来说重要吗？他是在想她，想着托塔……他轻轻松松就想起托塔的样子……他可不是靠猜……他比任何人都了解托塔。没人比得过他！"

"您的脸色很苍白，"安德烈斯说道，"您不舒服吗？"

神父摇了摇头，没有回答，而是咬紧了牙关。他含糊不清地说，他需要呼吸一下新鲜空气。安德烈斯走到床边坐下，而他又回到窗边。夜莺已经睡去，白杨也不再颤动。"难道我向仇恨屈服了？"他思索着，内心满是恐惧，"圣恩还庇护着我吗？"几个小时之后，他还能做弥撒吗？之前那个声音对他说："如果心存疑虑，为什么不取消明早的领圣体仪式呢……"但要找什么理由来告诉小拉叙斯呢？阿兰怅然若失，他紧紧抓住自己制定的律条：把自己交给疯狂的信任；保持信任，直至疯狂……没错，可渎神罪呢？他没有信心去对抗亵渎上帝的罪名。《圣经》的片段在他无法磨灭的记忆中逐字浮现：朋友，你到这里来，怎么不穿礼服呢？仆人便捆起他的手脚来，把他丢在

外边的黑暗里……[1]

就在这时，病人醒了，他在和安德烈斯低声说话。神父虽然深陷诱惑，但病人说的话他全听见了。"我会平静地死去，我的小安德烈斯，"格拉戴尔重复道，"这平静让人难以置信！"于是，阿兰内心的怨恨更重了：他真是被骗了，被耍了！多荒唐啊！多讽刺啊！罪人得救了，可他，他却迷失了……他的灵魂表面狂风大作，另一个声音依旧在内心深处响起——虽然声音被距离压低了些，但它依旧穿过恐惧的深渊，触动了神父的内心："我在这里，不要害怕。我在你身边，我永远伴你前行。"

年轻神父将汗津津的脑袋靠在窗框的十字柱上。（在看护病人的夜里，他曾多少次看见并敬仰这窗户刻在夜空中的十字！）在他的额头上，他能感到大钉子留下的伤痕，还有温热的血，从神圣的双脚上流下来，浸润了他的头发。没错，他

---

1 见《马太福音》第 22 章第 11—14 节。耶稣用这段话说明能被选召入天国的人不多。

正是为这次洗礼而生。爱让他无法呼吸。他闭上了双眼。

格拉戴尔在叫他，他吃惊地来到床边。安德烈斯垂着脑袋，站在一旁。

"您带给我的这些，我应该怎么报答您？儿子已经向我承诺……您能理解我说的话吗？别再为他担心了。对吗，安德烈斯？你自己再跟他讲一遍。"

男孩没有转身，只做了一个同意的手势。房间陷入一片安静。

"还是我来照顾他吧，"神父说道，"您去睡觉。我已经习惯了。"

安德烈斯起身亲了亲父亲的额头。阿兰和他一起下楼，拉开了大门的闩。他俩面对面站在磨损的台阶上，月光照亮了台阶上的每一条纹路。此刻，简单的眼神、紧握的手，便足够表明他们有多爱对方。

野 SPRING
更具体地生长

主　　编｜苏　骏
策划编辑｜苏　骏
特约编辑｜苏　骏　夏明浩

营销总监｜张　延
营销编辑｜狄洋意　许芸茹　韩彤彤

版权联络｜rights@chihpub.com.cn
品牌合作｜zy@chihpub.com.cn

野望 SPRING MOUNTAIN

出品方　春山望野（北京）
文化传媒有限公司

Room 216, 2nd Floor, Building 1, Yard 31,
Guangqu Road, Chaoyang, Beijing, China